LA NUIT IMAGINAIRE

Hugo Lindenberg est né en 1978. Son premier roman, *Un jour ce sera vide* (Christian Bourgois Éditeur, 2020, prix du Livre Inter 2021), a connu un grand succès. *La Nuit imaginaire* est son deuxième roman.

Paru au Livre de Poche :

UN JOUR CE SERA VIDE

HUGO LINDENBERG

La Nuit imaginaire

ROMAN

FLAMMARION

L'auteur a bénéficié pour l'écriture de ce livre d'une bourse du Centre national du livre (CNL) et d'une résidence à l'Institut Mémoires de l'édition contemporaine (IMEC).

© Flammarion, 2023.
ISBN : 978-2-253-24911-5 – 1re publication LGF

Pour V., à la vie qui vient

«Les autres sont adorables avec moi, mais moi je ne suis pas vraiment ici, je suis avec l'autre qui n'est pas là, je m'absente pour retrouver l'absent. S'il était là, je serais sans doute nulle part.»

Hervé GUIBERT,
Fou de Vincent

«Le passé c'est comme l'étranger, ce n'est pas une question de distance, c'est le passage d'une frontière.»

Chris MARKER,
L'Ambassade

I

À seize mille lieues
du lieu de ma naissance

Je ne porte plus de montre. À quoi bon, je ne vais jamais en cours. J'arrive presque toujours à l'improviste chez mes amis, si bien que personne ne m'attend. Mon téléphone portable est déchargé en permanence. Le temps est superflu, une fable pour adulte. Au fronton d'un immeuble près de chez moi, une horloge tente d'imposer l'heure unique à tout le quartier. Il est toujours seize heures vingt-huit lorsque je rentre, et pas une seconde ne s'est écoulée quand je sors. Cette humeur me convient très bien. Le découpage en minutes et en heures m'a trop longtemps distrait de l'essentiel.

J'ai vu pour la première fois cet automne les feuilles tomber les unes après les autres dans le jardin du Luxembourg. Partout autour de moi la mort prenait son temps pour les arracher une à une aux branches et les jeter à terre. L'œil trop pressé, distrait par l'engrenage des secondes, ne voyait rien. Un jour les feuilles jonchaient le sol et on disait : « L'automne est en avance cette année. » On ramassait un marron pour se protéger des rhumatismes, il était doux sur la paume, un morceau d'enfance dans la poche.

Le temps s'est embrasé il y a quinze ans lorsque le train de sept heures est passé sur le corps de ma mère. Pour ne rien savoir de sa mort, je traversais l'existence au passé. Le bruit de mes pas sur le gravier des souvenirs recouvrait la possibilité du présent. Parfois je m'arrêtais devant une statue, je lui demandais si elle avait vu un petit garçon insouciant – ce n'est pas vrai, je ne l'ai jamais été – et cette statue était souvent le buste de Stefan Zweig. Il n'avait aucune mémoire de cet enfant, et lui-même, je l'enviais pour ça, avait préféré l'exil et la mort à la rumeur du monde.

Cet automne, le mécanisme du temps s'est remis en mouvement. Nous parcourions une fois encore les allées du jardin du Luxembourg avec ma tante, et l'âge était venu d'entendre. Il avait fallu s'y promener quinze fois en silence, au jour marqué de sa mort, pour enfin demander. Les feuilles tombaient avec une infinie délicatesse, des petits flocons de chêne, de marronnier et de platane. Même mon catalpa adoré, avec une discrétion touchante, dispersait ses derniers filaments sur les pelouses désertes. J'écoutais ma tante dire les mots qui font mettre les deux mains sur les oreilles, en regardant le spectacle des branches en pleurs. Les promeneurs passaient indifférents. Demain ils diraient : « Tiens l'automne est en avance, les feuilles sont toutes par terre », alors qu'ils étaient là, ils marchaient sous la bruine des feuilles, faisant mine de ne pas comprendre, incapables de voir derrière la chute d'une seule d'entre elles le processus continu et général, lent mais déterminé du cycle de la nature.

«Elle a marché jusqu'à l'horloge de la gare de Lyon, la nuit du changement d'heure. Là, elle a avalé des barbituriques et s'est couchée sur la voie», a dit ma tante dans une tempête immobile d'arbres morcelés. *Ma mère s'est couchée sur la voie.* Une feuille de chêne orange pâle a quitté sa branche, une chute silencieuse, mille fois vécue, dont j'étais sans doute le seul à suivre la trajectoire. Le saut dans l'inconnu après une vie perchée, chute sans espoir et pourtant si incertaine. Elle danse juste pour moi, s'étend sur le gravier. Puis une bourrasque de vent et ce sont mille feuilles d'un coup, murmuration d'oiseaux dont l'enveloppe vient cuivrer le sol de flaques glissantes aux arômes de sous-bois. *Elle s'est tuée deux fois. Avec des barbituriques et en se couchant sur la voie.* Un jour les branches seront nues et ce sera toujours vrai, un jour les bourgeons apparaîtront et ce sera toujours vrai, un jour reviendront les fleurs et l'été, et ce sera toujours vrai. Tout renaîtra mais pas elle. Son âme est condamnée à errer sur le chemin de l'horloge de la gare de Lyon, dans cet entretemps oiseux de septembre où il n'est plus l'heure de rien, sauf de s'assassiner. *Deux fois.*

Ma tante a fini par se taire. Elle regardait aussi les arbres et, j'en suis sûr, voyait le jeu des feuilles, ce détachement dont naîtrait l'hiver. Nous partagions silencieux cette image de sa sœur, de ma mère, enfin répliquée, transmise à ma demande ou pour ainsi dire rendue. De son sac, sans se presser, elle a extrait un cube de carton blanc dans lequel patientait un mille-feuille aux ornements de palais indien. En temps normal je me serais interrogé à voix haute sur le miracle par lequel l'édifice nous parvenait intact, malgré le sac à main négligemment ballotté. Je me suis contenté d'admirer son architecture crémeuse. Ma tante aussi était parvenue à conserver intact son corps fragile pendant plus d'un demi-siècle malgré les ballottements de l'histoire. En silence, et j'étais souvent furieux de ces silences. Je l'ai regardée planter son Opinel dans la pâtisserie, puis diviser le palais en deux, reconnaissant dans la précision de son geste un indice de sa cruauté. Elle m'a tendu ma part, une villa blanche, spacieuse, au toit penché. Je me suis dit : Après tout ça, je partirai. « Tout ça », c'était le coton dans lequel je somnolais depuis mes six ans, depuis ce qui avait commencé pour moi par le genou à terre de mon père annonçant sa mort, je le découvrais enfin, dans la nuit précédente sous la pendule de la gare de Lyon, le jour du changement d'heure. « Tout ça », c'était cette danse étale entre ma mère et moi, cette valse molle mes yeux plongés dans les siens, colorant la réalité alentour d'un brouillard de manège. « Tout ça » me donnait le tournis, maintenait le flou autour de moi, trop inquiet à l'idée de lâcher son regard. J'avais une foi absolue dans « l'après ». Après tout ça, il y aurait la vie, la sensation du vent dans les cheveux, une coïncidence, une actualité même avec l'univers. Cela arriverait, c'est tout. J'ai engouffré la moitié de millefeuille dans ma bouche et sa structure s'est désintégrée au contact de ma langue

À seize mille lieues du lieu de ma naissance

dans une stupeur onctueuse et sucrée. Sur mon palais, le souvenir du palais englouti. Je me suis laissé bercer par le sablier de l'automne. J'y décelais une invitation inédite à remettre à l'heure les aiguilles de mon présent. Après l'hiver, plus rien ne serait jamais figé.

Il faut garder une certaine distance avec les morts.

J'ajoute l'appartement des parents de Mona à ma liste des lieux où s'abriter, après le musée Zadkine, l'église sur le boulevard et la bibliothèque Mazarine. Je pourrais même l'inscrire sur la liste des habitations idéales si je ne craignais de briser l'enchantement par un enthousiasme démesuré. Et si, d'un coup, la patère de l'entrée tombait sous le poids du manteau, le tuyau de la douche se mettait à fuir et le soleil à bouder la cuisine au petit déjeuner. Je l'annoncerais bien à Mona si je n'avais pas promis de me taire une heure encore pour qu'elle puisse étudier. Une exquise éternité à me laisser bercer par les percussions studieuses, dont je dresse aussi la liste pour en fixer la partition : l'impact de la mine de crayon sur la feuille double perforée, la rivière d'earl grey de la théière à la tasse, la morsure d'une agrafe dans la chair épaisse du papier. Et ravissement suprême, Mona chuchotant pour elle-même les incantations d'une géographie profane. Je lui souhaiterais presque une migraine pour compléter ce récital par l'effervescence d'un comprimé d'aspirine libérant sa formule dans un éclatement de bulles poudrées. Quand je vois les doigts de Mona pincer l'arête du nez au point d'attache avec les paupières fermées, je glisse mes pieds nus sur les triangles dorés du parquet en caressant le ciel des yeux à travers les trois grandes fenêtres du balcon. J'ouvre, je saisis, je verse, agençant sur le petit plateau de laque prune la nature morte d'une carafe, d'un verre, d'un cachet, dans la joie déjà du regard complice de Mona. Cette évidence entre nous de la mécanique du bonheur. Je n'attends rien d'autre de cet après-midi glacial, sinon plier des origamis en accordant mes gestes à la grâce des objets alentour. Dans l'appartement des parents de Mona, je ressemble à un garçon qui sait jouer au tennis. Ce matin en rentrant de la fac, la gardienne gonflée de laine m'a tendu le courrier familial en m'appelant jeune homme et j'ai monté l'escalier en prince, observant d'un œil inquiet la petite étampe du timbre figurant le mont Fuji. « Ils rentrent bientôt ? » je demande à Mona. « Pas avant un mois », me jette-t-elle avec la lettre à l'autre bout de la table, laissant dépasser l'extrémité lagon d'un chèque paraphé à l'encre noire. L'index tendu vers le mur, j'essaye de prendre la mesure du temps et d'éloigner le point minuscule de leur retour. Un mois, c'est l'infini, surtout en novembre. Pourtant, à l'instant exact des bagages dans l'entrée, dans l'odeur des manteaux revenus de loin, c'est toute notre vie clandestine qui ne sera plus qu'une fiction oubliée sous la commode. « Tu fais le pitre », dit Mona en pointant de son menton ma main levée, et son sourire me supplie de

À seize mille lieues du lieu de ma naissance

mettre fin au tourment des révisions. « Mais vous faites quoi tous les deux ? » m'a interrogé Armand l'autre jour au café, et je n'arrivais à penser à rien d'autre qu'au grand lit dans la chambre des parents, large et haut, prolongé d'un petit banc capitonné de velours, matelas chauffant, possibilité avec télécommande de monter le dossier pour lire, ou alors les jambes, stores automatiques, appliques au mur, lumière chaude, salle de bains parentale avec des jets dans la baignoire et une cabine de douche à pluie tropicale, double lavabo à mitigeur surmonté de six bouteilles de parfum aux lourds bouchons de cristal, et des boules de coton dans un bocal de verre. Souvent, avant de m'endormir, j'ai envie de faire l'amour avec Mona, mais je n'ose pas. Je n'ose pas faire le geste, celui qui aurait pour effet d'interrompre le cours de notre amitié. Ce serait même moins un geste qu'un signe car je sens son corps sur le qui-vive, son corps qui attend, et sous les draps la chaleur humide de nos sexes impatients. « On lit des livres, on regarde des films, on écoute des disques. » J'ai dit ça à Armand sans parvenir à expliquer comment ces histoires se tissaient ensuite entre nous dans l'appartement où nous campons une vie d'adulte bohème pendant que son père fait des affaires à Kyoto. « Imagine, me dit Mona, nous sommes de très vieux amants, moi surtout. Plus vieille. Devenue laide, parfois méchante. Ayant conservé la vilaine habitude d'allumer ma cigarette avec la précédente, le goût pour les alcools amers et les phrases péremptoires. Écris-moi une chanson. » Je lui tends une cigarette dont j'expire la première bouffée, improvise un refrain : « Fleur de tabac, c'est le poison dans ta voix, tes caprices de chihuahua, à Macao ou à Cuba, même les marins ne veulent plus de toi. » Elle m'applaudit, fredonne, quitte la pièce et revient avec un bourgogne retranché à la cave parentale, « Tu sais, l'autre jour, j'ai fait une chose abominable. » Chez Mona, ce mot est un blason. « Ce type de ma promo, Fabien, avec le piercing dans l'arcade sourcilière, celui que tu détestes, j'ai lu son journal en douce. » De tous les courriers, Mona préfère lire celui des autres. « Il y raconte ses nuits dans un club du Marais où il va pour baiser. » Mona dit baiser, je trouve ça vulgaire. « C'est une boîte de nuit sous laquelle il y a un labyrinthe. » J'aime les labyrinthes et les secrets, alors je tends l'oreille. « Parfois il vient directement en cours le matin après avoir baisé toute la nuit avec des inconnus. » « C'est dégueulasse », je dis. Mona fait rougeoyer sa clope, roule des yeux satisfaits. « Au contraire, il écrit qu'il sent la présence de Dieu là-bas, qu'il a l'impression de poursuivre un rituel sacré. » Silence, elle observe l'effet sur moi. Je me demande si elle le fait exprès. De m'emmener où elle m'emmène. Dernièrement, à part *Babe, le cochon devenu berger*, tous les films qu'elle loue en prévision de nos soirées parlent de ça. *My Own Private Idaho*, *Happy Together*, *Maurice*… Ébloui, débordé par mes fantasmes d'amours clandestines, j'oublie de sonder les siens. Armand m'a dit : « Parfois j'ai l'impression d'être le personnage d'une pièce écrite par Mona, mais je ne comprends rien à mon rôle. » Depuis le premier jour de notre année de seconde, son rôle est clair pourtant dans la vie de Mona, mais il n'a pas besoin que je lui dise qu'il est l'amoureux éconduit. Moi en revanche, je ne cesse de changer de place dans la mise en scène patiemment cousue de son existence.

Couché, pied gauche au frais hors de la couette, disposé au sommeil, nervosités noyées par dilution dans l'alcool, j'essaye de me figurer les nuits du camarade de Mona dont je hais ensemble la laideur et la liberté. Dégagé des contraintes du corps en mouvement, je déploie les images diffusées en boucles miniatures dans une arrière-salle de mon esprit tout au long de la soirée. Lui marchant dans la nuit, arcade étincelante, lèvres boursouflées d'un diamant de fièvre. Rue pavée, réverbères anciens, porte de l'Enfer. Couloirs. Une main blanche à l'ourlet d'un T-shirt blanc dans l'odeur de crypte, de moisissure, de foin et de pisse. Je remonte le film du récit. Imagine un lieu où dialogues, éclairages, postures sont de théâtre. Voix blanches. Lumières crues. Gestes précis. Des garçons jouant des silhouettes de garçons, revenus des mirages du présent. Et la possibilité pour eux, pour moi, d'entrer et de sortir à loisir de cette ambassade du lointain où depuis l'adolescence j'autorise mes fantasmes. La voix de Mona me parvient, voilée par le silence accumulé dans la chambre. « En gare ? » je répète, amusé par l'idée d'un mot échappé de son rêve. « Le Han-gar, articule-t-elle alors dans un chuchotement découpé. Tu ne m'as pas demandé comment s'appelait la boîte avec le labyrinthe, c'est le Hangar. »

La Nuit imaginaire

Nuit impossible. Mona dort et je ne dors pas. J'égraine la liste des gens à qui je pardonne de s'être suicidés : Kurt Cobain, Jean Eustache, Walter Benjamin, Yukio Mishima, Romain Gary, Stefan Zweig, Primo Levi, Patrick Dewaere, Sylvia Plath, Dalida, Nicolas de Staël, Mike Brant, Gilles Deleuze, Virginia Woolf, Guy Debord...

Mal réveillé dans le bus, le front givré sur la vitre, j'émerge à la réalité station Val-de-Grâce. L'assaut des lycéens met fin à l'écho de ma nuit sans sommeil. Le fracas des sacs jetés au sol, les silhouettes ébouriffées entre les barres métalliques, et sur la flaque de cuir brun d'un carré de sièges, le chahut des bras, des joues empourprées, la fournaise des entrejambes. Celui-là surtout me fait injure, celui d'entre eux dont l'excitation palpite au cou. Là où bat sa veine, un lézard essoufflé sous la peau tendre et rose, je voudrais poser ma bouche. Je devine à sa manière de laisser glisser les lanières de son sac le long du dos, de replier sa jambe le genou près du cœur, une aisance à être nu que je ne connaîtrai sans doute jamais. Mes habits me pèsent, j'ai chaud. Lui aussi, d'un autre brasier. Celui de la sonnerie de seize heures, des corps trop longtemps assis. Le chaudron du groupe en cavale entre la prison de l'école et le cachot parental. Un an, deux peut-être, et ce sera la vie. Sous la rafale de rousseurs attisées par l'excitation, je perçois l'impatience fébrile des derniers instants de cage. Légère écume au coin des lèvres, souffle court des désirs exsudés par la peau, narines dilatées, œil opaque sur le vacarme des pensées. Le flux entre Mona et moi, ses désirs, j'en suis traversé. En sa présence je pense pour deux, mon esprit s'accorde à la partition de notre amitié. Même quand nous ne parlons pas, je dialogue encore avec le sien. Plaisir gâché des films si je la crois indifférente. Avec les autres aussi je m'épuise en conjectures, je pense à ce qu'ils pensent, j'étouffe de leur psyché projetée sur la mienne. Cet automne, j'étouffe et les volets clos sur mes nuits solitaires ne suffisent plus à sortir de mon crâne la litanie de leurs désirs. Dans ce bus le lycéen, lui, fait écran. Ses pensées lui appartiennent. Le mystère de sa beauté me plonge dans un présent musculaire. Je le longe, avide, depuis les pieds, des yeux, du plat de la main, du nez, je fouille dans les interstices, glisse ma pensée entre la chaussette et le jean pour remonter le long des mollets, cuisses semées d'épis couchés par le vent, inconcevable proximité de son sexe roulé dans les plis tel un animal pelotonné. Et dans cet endormi, le même battement qu'à la gorge, je voudrais y poser ma paume. Sous la laine épaisse le ventre enfoui, un mouton niché dans le nombril, et la poitrine se remplissant, bouche entrouverte, de l'air expiré par moi, inspiré par lui, soulevant la vierge d'argent enchaînée à son plexus, métal à la température exacte de sa peau. Pur au point de n'être pas sali en moi par l'idée de ses organes. L'équation de ce désir n'est pas nouvelle, seulement de vieilles promesses se dissolvent sur le feu de son iris. Là, entre

À seize mille lieues du lieu de ma naissance

la rue Berthollet et la rue Claude-Bernard, le dégoût ne suffit plus, le venin de la honte injecté en moi par les injures recuites des kapos du collège sous le préau ne suffit plus. Ceux dont le pouvoir repose sur l'écrasement de toute joie, cherchant à assécher en vous ce que d'autres ont déjà asséché en eux. L'écho de leurs voix se perd, je ne fréquente plus assez les institutions du savoir et de la violence. Libre, je veux faire l'expérience de sa peau. La veine à son cou m'oblige. Écho en moi d'une saison indisciplinée, fertile. J'ai renoncé à tenir la liste de mes métamorphoses depuis la rentrée, je ne cherche même plus à formuler, je dévale la pente nouvelle. Le matin, chez les parents de Mona, je bois du café désormais. Chez moi, j'aurais eu l'impression de trahir. L'autre jour au réveil, seul chez Mona partie en cours, j'ai dansé, sans musique, sans raison. Une chose se désarrime, remonte des profondeurs dans cette zone océanique de moi. Lourde, rouillée, grinçante, ancre d'un navire englouti soulevée dans une poussée vertigineuse vers la surface. Une attente dont je suis l'événement m'emporte, un obscur désir mêlé de sexe et de larmes. Le lycéen fredonne, fait l'imbécile à coups de pichenettes sur joues, bras, bouches de camarades hilares. Toujours plus éclos, le torse en avant, jambes écartées, une main oubliée sur la braguette. Il ne me voit pas. J'aime ça. Même joie quand l'oiseau picore à ma fenêtre. Ma présence muette à la beauté du monde. Je songe un instant à glisser ma carte d'identité dans sa capuche au moment où il descend, le forcer à lire mon nom, à dire mon nom, à me chercher. Je fixe son image dans ma mémoire, je l'ajoute à mes icônes païennes, «Gorge battante», saint des amours secrètes, à garder près du cœur lors des escapades nocturnes. Je le range auprès de «Nez qui coule», «YOP» et «Casquette rouge», canonisés sur cette ligne bénie, les semaines passées. Cet autel, je ne le révèle à personne. Au point de croire plus beau ce qui est tu, d'aimer le faux mieux que le vrai. Le bus poursuit sa route vers la Seine, je regarde les lycéens s'éloigner, et avec eux, je me le promets, le temps des amours imaginaires.

Lâche-moi, car l'aurore est levée.

Il fait bleu dehors ce matin. Cette nuance de l'air chargé des rêves de la nuit. Je déchire en tout petits morceaux les pages écrites hier dans l'ivresse de mes attentes, afin de rendre indéchiffrable le puzzle de mes désirs, et j'en laisse fondre quelques miettes dans le thé qui me brûle les doigts à travers la porcelaine. Couette tirée au chaud contre le radiateur, j'épie les passants emmitouflés, crachant de petits nuages de fumée sur les trottoirs. Le front collé à la vitre glacée, je souffle moi aussi pour tout faire disparaître dans la buée de mon haleine, heureux de voir aussitôt resurgir mon quartier s'éveillant sous la neige fondue des trottoirs. Je n'ai rien de prévu et pour m'en assurer je jette mon téléphone dans la corbeille à papier et je vais prendre une douche brûlante. Emmailloté de laine et couvert de mon plus gros manteau, je quitte mon studio un pied congelé après l'autre entre les flaques de boue durcie, réchauffé par l'idée de moi-même me regardant partir depuis la fenêtre. Puis je m'engouffre dans l'âtre tiède des escaliers du métro, murmurant à voix basse dans les couloirs les slogans étalés aux murs. Dans le wagon où je rêvasse le nez dans la fourrure d'un manteau de dame, mon inquiétude s'éveille à l'arrivée d'une femme à l'allure imprévisible. Bras chargés de sacs plastique gonflés de paperasse, corps perdu dans des vêtements mal taillés, béquille et visage en cavale derrière d'immenses verres à filtration azur. Sa folie me tient en joue, et nos regards croisés créent une boucle de tension, un lien entre nous fait de panique mutuelle. Chacun se sent menacé par l'autre. D'une main nerveuse elle peint un motif dans l'air et nous savons tous les deux qu'il s'agit d'un signe sur ma figure, une incantation. Je baisse les yeux. Les rails hurlent au passage de la rame, recouvrant sa ritournelle de mendicité récitée d'une voix de gamine inaudible. Une fille en walkman sort un fromage emballé de papier blanc de son sac et le lui donne. Un chèvre, d'après sa forme. Leurs mains se touchent. La folle dit : « Merci, vraiment, vous êtes humaine vous pas comme les autres », en me jetant un regard effrayé. De tous les passagers je suis manifestement celui qui incarne le mieux pour elle la tournure désastreuse des événements sur la planète. Je lui tourne le dos pour aller m'asseoir dans le carré réservé aux femmes enceintes, aux personnes âgées et aux invalides de guerre, en essayant d'élucider la cause de cette attirance réciproque pour les déséquilibrés. La femme assise en face de moi me sourit complice et je contemple ses mains potelées en les imaginant pétrir des biscuits de Noël à la cannelle dans le glouglou d'une marmite de vin chaud frémissant sur le gaz. Sa bonhomie me protège des ondes négatives de la folle dont la présence continue d'aiguillonner en moi une inquiétude inconfortable. La femme se met à fouiller dans son sac et, à défaut de fromage, j'espère un bonbon dont elle ouvrirait l'emballage dans un crépitement joyeux. L'odeur d'encre du prospectus agité sous mon nez douche mes fantasmes et je crois un instant devoir régler un problème de trajet lié à sa méconnaissance des rouages du métro parisien. Mais la dame se propose au contraire de me guider dans la vie. «Un vide à combler?» postule le tract sur fond de main tendue. Je fais non de la tête et des doigts, l'air de dire merci mais ce serait vraiment de la gourmandise. La femme range le prospectus avec précaution, m'offrant le rose de ses paupières poudrées en reproche. Elle ne semble pas fâchée, pourtant je me sens quand même un peu coupable de ne pas avoir accepté d'embrasser la foi chrétienne pour lui faire plaisir. Alors je ne descends pas à la station suivante pour ne pas donner l'impression d'un départ précipité. Nous traversons la Seine ensemble et quand je me lève, la folle a disparu. Combien de stations a-t-elle continué à exister dans mon dos après son départ? La question me taraude tandis que je laisse ma pensée divaguer au rythme de la marche, guidé par l'habitude des après-midi buissonniers à flâner seul dans Paris. Quand le froid gèle mes doigts et mes orteils, j'entre dans les boutiques humer les effluves de radiateurs, caresser les étoffes épaisses des collections hivernales, fouiller dans les présentoirs d'affiches de cinéma grand format en me demandant pour chaque film si son action serait encore possible à l'ombre des nouveaux périls du millénaire. Ma peur de tout trouve du réconfort dans la reconnaissance officielle de la menace invisible et permanente d'holocaustes sauvages. Chacun vit désormais la paix à ma manière, en sursis. Je traîne dans les allées muséales du Centre Pompidou, préférant aux œuvres les garçons capables de les recevoir. Puis, dans l'escalator cerclé de verre, me revient le souvenir d'un rêve d'enfance dans lequel, depuis cet endroit précis, je regardais une baleine solitaire nager dans la ville submergée par les eaux. Me tenir à l'endroit précis où je m'étais tenu en songe, est-ce une invitation à ne pas trahir l'enfant d'alors ? Mes yeux balayent les toits de Paris dressés dans la lumière glacée. Le Hangar gronde dans les parages, je le sais maintenant, enfoncé sous l'asphalte. Les joues en feu, persuadé de porter l'empreinte de mes désirs au milieu du visage, je m'élance à sa recherche dans les rues du Marais. Mais là comme ailleurs, ma silhouette laisse le monde indifférent, sauf la honte acharnée à surveiller mon reflet dans les vitrines. L'après-midi touche à sa fin et, dans les rues étroites, des garçons coiffés en bataille disséminent tous le même parfum de printemps sous plastique. L'époque érotise les agrumes à l'excès. Je marche au hasard des noms de rues, ne sachant où je vais, hébété et bientôt fiévreux. J'ôte mon manteau et incapable de décider de la suite des événements je me pétrifie à un angle, mimant l'attente l'œil aux aguets, puis ne mimant plus rien, immobile au milieu du flot des passants. Il me faut toujours du temps pour démêler le désordre des choses, pour commencer à voir. D'abord le tout petit café en face, sur l'autre rive de la chaussée, à deux enjambées à peine, avec son comptoir en fer à cheval qui occupe tout l'espace. Un homme âgé, en veston, y boit seul une bière. À côté, une boulangerie et puis un autre café, grand, parisien, antipathique. Mon regard à l'avalanche des signes se perche sur une petite main à l'intérieur de la salle boisée, juste derrière la vitre. Paume blanche virevoltant au bout de sa branche de laine pour héler un serveur distrait. Soudain elle plonge sous la table, pour rejaillir, allumette serrée entre le pouce et l'index, projetant une flamme éphémère sur le visage d'une femme au regard mélancolique. Cheveux coupés court, trop, longueur de fugitive, de maîtresse de boche, d'aliénée. Je reste sur ce visage bien après le feu, indifférent au jeu d'éclipses provoquées par les corps des passants devant moi. Une silhouette après l'autre, il resurgit dans la même attente défaite, joues relâchées. Seuls bougent les yeux cernés d'un bleu galactique, asséchés par une gloutonnerie de larmes dont je peine à imaginer la course tant les pommettes font barrage. Deux collines portant leur ombre sur une bouche alcoolique. Et si c'était elle ? Ma mère. Si au lieu d'être morte, elle était simplement partie ? Si au lieu d'être partie, elle errait de café en café, hésitant après chaque cigarette, « Ce soir, je rentre », mais n'osant plus, ne sachant pas. Je suis son désarroi au fond de sa tasse et la main petite portant le café aux lèvres, jusqu'au moment de la brûlure sur la langue, provoquant le retour de la femme en elle-même, du café autour de la femme et de mon corps sur le trottoir d'où le jour s'est retiré. La main tremble vers la cigarette oubliée, déjà plus cendre que papier, la bouche aspire, donnant à la femme la possibilité de s'éclipser encore un instant derrière le voile de fumée. Reprise, réajustée, elle sourit pour elle-même, puis sourit pour déguiser son émotion, passant les doigts dans ses cheveux et sur ses lèvres immenses pour s'assurer de ses propres contours, quêtant un regard ami parmi les étudiants penchés sur leurs polycopiés. J'observe leurs gestes et les reflets de la rue projetés sur leurs chimères. Le ballet des serveurs allant chercher le froid auprès des quelques clients attablés dehors, saluant au seuil d'une porte cochère une carrure familière, cabas chargé de provisions emballées de papier boucherie rose. Des vieilles dames en chignon bientôt rassies dans leurs deux-pièces au papier peint humide, aux voilages grisâtres. Leur présence rassurante apaise le feu roulant des braguettes, bombers, cheveux peroxydés et ventres tendus déferlant sur les pavés du Marais. Entre les vieilles veuves et ces garçons en fleur, quelle filiation silencieuse faite de portes tenues, de commissions montées dans les étages, de solitude complice ? L'engourdissement me gagne. J'enfile mon manteau dont l'intérieur a refroidi à mon bras, et feignant de n'avoir jamais eu d'autre projet, j'entre dans une librairie quelques mètres plus loin.

Le grelot ouvre sur un présentoir tapissé de revues aux couvertures explicites. Mosaïque de garçons

À seize mille lieues du lieu de ma naissance

photographiés dans la flagrance de leur sensualité et l'humidité tropicale de mises en scène kitsch. De quels mondes témoignent ces images ? J'essaye de me figurer la vie de ces jeunes gens de mon âge, hors du cadre, rhabillés, chez leurs parents, arpentant les boulevards de Los Angeles ou Toronto en jogging. Leurs corps prêts à l'emploi, plus désirables encore. Je fais semblant de m'intéresser aux livres sur la table des nouveautés, lorsqu'un libraire surgit d'entre les rayonnages exigus pour me proposer ses conseils. Il doit avoir un ou deux ans de plus que moi et son T-shirt avertit : « Silence = Mort ». « Je cherchais juste une librairie », je balbutie, plus proche de son corps que je ne l'aurais souhaité. M'a-t-il vu faire le pied de grue sur le trottoir d'en face ? L'idée fait affluer le sang dans mes tempes. L'ouvrage que j'ai attrapé au hasard est « sans doute le plus stimulant de ces dernières années », m'explique-t-il en pointant du doigt le badge Attac épinglé à mon manteau. J'opine dans l'espoir de lui faire oublier les gouttes de sueur sur mon front, dis n'importe quoi pour ne pas me perdre dans la forêt de sa barbe de trois jours. Lui sourit dans une composition de cils et de fossettes défiant les lois de la beauté ordinaire. Ce garçon incarne le type convexe théorisé par Mona. Les gens appartiennent selon elle soit à la horde des concaves, pointus, coupants et d'un abord métallique, soit à la caste des convexes, doux, accueillants et sur lesquels toute tentative d'agressivité rebondit en un bouquet de jonquilles. Évidemment, à ses yeux, je suis über-concave, catégorie acier trempé dans l'acide.

La Nuit imaginaire

Mes amis ont ça en commun, de m'aimer tout en me trouvant odieux. Il me reste environ une minute avant de me désagréger, alors je dis au libraire que j'achète le livre, pour mettre fin à notre promiscuité. À la caisse, nous nous taisons. J'ai honte de l'humidité laissée par mes mains sur la couverture où figure un ange en pull rayé, mais ça ne semble pas le gêner. Avant de me le rendre, il note son numéro sur la première page et me lance dans un clin d'œil : « J'aime bien comment tu discutes, on pourrait prendre un verre un de ces jours. »

Sous le halo blanc d'un réverbère, cigarette allumée en tremblant, j'inspecte l'empreinte encore fraîche de cette journée dans ma mémoire en déchiffrant le titre du livre : *Génie divin*. La première bouffée, je n'ai pas fumé depuis la veille, me donne le tournis. De cette heure passée immobile à observer la rue dans le froid, il ne me reste qu'un grain de conscience à peine, l'image fixe d'une femme en noir et blanc. Les cinq minutes dans la librairie forment à l'inverse un magma mouvant dont il me faudra explorer les moindres abrasions pendant des jours. Je lève la tête en quête d'un surplus d'air frais. L'immeuble devant lequel je me suis arrêté projette son ombre sur ma gorge. Façade peinte en noir, fenêtres obstruées de persiennes d'aération, un drakkar greffé sur le calcaire haussmannien. Au-dessus de l'entrée, porte noire, rideau de fer tiré, huit lettres au pochoir gris, LE HANGAR. Combien de fois suis-je passé ici sans y prêter attention ? Mais à quoi ? Il faut s'approcher pour découvrir le macaron Licence 4 ou l'affichette promotionnelle pour préservatif vantant la

À seize mille lieues du lieu de ma naissance

glisse entre mecs. Je souris sans savoir si c'est de gêne ou de joie. Deux vieux Chinois font des allers-retours le long du trottoir en poussant un diable débordant de cartons éventrés.

Et si c'était moi la mauvaise rencontre ?

Je dévale les escaliers, ravi de laisser mes amis et, quelques pas plus loin, la lourde porte cochère qui se referme dans mon dos. Poings serrés dans les poches, capuche rabattue sur mes cheveux rasés, je suis libre, glacé. L'ordre se fait dans mes pensées. J'ai faim, j'ai soif, j'ai froid, comme mes héros. Direction le Marais. Les fêtes, chez Mona ou ailleurs, bouteilles en quilles sur table basse, corps débraillés au pied des canapés, fumant pour écraser demain, le ce qu'ils en pensent, le ce qu'ils en disent, je ne sais pas si ça m'oppresse ou si ça m'indiffère, j'y suis sans y être. En traversant le pont me vient l'idée que je marche à contre-courant et ça me plaît. Mon cœur bat, mon corps est en éveil. Je ne sais pas combien de temps je marche, j'avance hors du cadran des heures. Notre-Dame, l'Hôtel de Ville, le BHV. J'approche. Il y a un Marais dans le Marais. Je sens l'endroit exact où débute sa loi. Tout ce qui m'était invisible me saute aux yeux ce soir. Tout ce qui m'était interdit me tend les bras. Je me fraye un passage dans le monde étroit de mes œillades d'adolescence, quand je traversais le quartier les yeux baissés pour calmer la chaleur. Ce soir, ces deux garçons main dans la main n'appartiennent plus à l'envers du décor. Je peux les suivre jusque dans les ruelles fauves où bruissent les cafés aux vitres fumées. Je passe devant un bar, puis un autre, j'entre dans le troisième, voilà, c'est fait, c'est en train de se faire, je suis à l'intérieur, assez ivre pour ne pas chercher plus loin que le comptoir, commander une bière, filer vers le mur et me poster là, avec ma tête de premier jour de colo. Une tête rebelle, les yeux noirs, mâchoire un peu serrée. J'invente mon personnage, je le découvre. Un silex. On me toise sans malice. Je comprends une chose : ça, cette entrée fiévreuse, les aveux qu'elle charrie, le chemin immense pour arriver la mine boudeuse, cela appartient au lieu lui-même, à son histoire. C'en est même la destination. Cette idée me détend, mais je n'ose pas encore regarder autour de moi. Je scrute le fond de mon verre où pétille le houblon et je ferme les paupières. Le torrent de bruit laisse petit à petit place au ruisseau des conversations. Mon oreille s'habitue à la pénombre, longe le bar, se mêle aux échanges les plus intimes. Un type, voix traînante de chanteuse réaliste, ravit son auditoire de sarcasmes, appelle tout le monde «chéri», «Tu m'offres un drink, chéri ?». «Ici, dit un autre, il n'y a pas si longtemps, on offrait l'AZT des morts aux vivants.» «Il n'y a pas que ça qu'on offrait», tonne la voix. Rire, puis silence, puis commentaires sur la soirée, «un peu morne», «mais il est encore tôt», et «maintenant elles vont toutes au Raid mater les gogos sous les douches », puis ragots sur un garçon, Tom, dont le mec aurait chopé… mot incompréhensible… dans un lieu dont je ne comprends pas le nom. D'autres clients sont rentrés, j'entends moins bien. Il faudra bientôt rouvrir les yeux. Alors je verrai si le libraire est là. Samuel. Après tout, c'est complètement plausible. Mona dirait : « Si tu as les yeux fermés qu'est-ce que ça change qu'il soit là ou pas, le monde n'est qu'une hallucination. » Mais je n'ai pas encore parlé du libraire à Mona, ni de *Génie divin* lu d'une traite, en transe, avalant ce langage tout neuf avec dévotion, la voix de Samuel récitant pour moi ce nouvel alphabet branché. Cet ici, nocturne, excitant. Je ne lui ai même pas reparlé du Hangar non plus. À la place, j'ai laissé planer mon humeur maussade, chez elle et ailleurs, sans dire le texto envoyé à Samuel et la réponse jamais reçue. L'attente psychotique de cette réponse. Ni les dix-huit mille pages griffonnées pour lui dans le manque et la colère démesurés, anéanti par son absence. L'amertume de cet avenir à deux offert et repris aussitôt. Le livre traîné partout en talisman. « Tu dors ? » La voix éraillée qui vient de prononcer cette phrase est si proche qu'elle imprime son haleine amère sur ma joue. J'ouvre les yeux sur les mèches blondes d'un garçon au regard de chat. « J'attends qu'on m'offre un verre », je lui réponds d'un ton inutilement agressif. Le temps de chercher Samuel parmi les clients, le garçon est déjà parti me commander une bière. Mes yeux sont restés fermés longtemps, et dans l'éblouissement, la laideur, du bar, des corps fatigués de se tenir désirables, me pousse vers la sortie. Dehors c'est encore dedans, des groupes s'égayent, verre à la main, et la fumée de leurs cigarettes frelate l'air glacial. Je les épie, et les volutes de deux d'entre eux m'emportent à leur suite vers le bar suivant. Les volutes et ce loden ouvert sur le torse du plus exubérant des deux. Là où ils vont, l'entrée se fait au compte-gouttes et à la tête du client. Nous voilà patientant en ligne, à portée de parfum, domptant nos ivresses pour ne pas alarmer le videur, gardien débonnaire de la petite frontière de velours rouge et or sans cesse ouverte puis fermée dans un cérémonial pompeux. Stratagème grossier mais qui me fait battre le cœur tant j'ignore si je possède les qualités recherchées en ces lieux. Apparemment oui. Dedans, le volume des enceintes interdit toute conversation. Mes nouveaux amis, joues encore fraîches, foncent dans la fosse embrasée par le spectre multicolore d'une boule à facettes géante. Je m'approche pour parler au moins beau des deux. Il ne m'entend pas. Il faudrait danser pour rester ici. J'avance en brasse coudée vers le bar, frôlant les peaux trempées, les ventres nus, découvrant d'innombrables nombrils, splendides plaies de l'enfantement dont je voudrais baiser le sceau. J'ai l'air d'un Pierrot égaré et l'indifférence du barman me convainc d'abandonner les lieux. Mais pas avant d'avoir pissé. Sur la route des toilettes, regards implorants ou hautains, toujours inquiets. Nous éclaboussons la rivière de glaçons disposée en rigole à nos pieds sous la plaque de métal grise de la pissotière, sans la moindre séparation entre nos bites, et je m'étonne du

À seize mille lieues du lieu de ma naissance

pouvoir de l'ivresse, m'autorisant l'impossible camaraderie dont je sens encore l'émotion dans mes corps caverneux en ressortant de là. Un garçon, que nos urines mêlées m'ont rendu sympathique, me suit. Juchés sur des tabourets de bar inutilement hauts, nous toisons les visages des danseurs gribouillés par les spots. J'allume une cigarette, soucieux de voir mon paquet presque vide. Le garçon, menton timide, me tend sa bière, «On y va?» Il est mignon, mais son combat contre l'acné lui a forgé un regard fuyant, désagréable. «Non, j'aime de regarder les autres qui font la danse», je lui dis avec ce que j'espère être un fort accent anglais. Je n'ai rien trouvé d'autre. Dans les taxis, dans la rue, dans les boutiques, je suppose que les gens seront moins insistants s'ils me croient étranger. Pas le garçon de la pissotière. Lui, il veut boire avec moi, il veut que ce soit moi ce soir, moi ou un autre, mais moi finalement qui échoue à l'apaiser. J'entends mal, j'acquiesce sans écouter. «Nevers», «une piaule à la cité U», «Paris depuis six mois». En auscultant sa face butée j'imagine sa mère affairée dans une cuisine carrelée de tourments, la radio égrainant, grillon de l'angoisse, les mauvaises nouvelles de la ville. Elle regarde par la fenêtre le petit jardin de son pavillon, au fond duquel stagne, croupie, l'eau prisonnière d'un trampoline distendu. Plus tard, errant parmi les heures, elle gravira les quelques marches menant à l'étage, ralentie par le silence accumulé dans la maison. Devant la porte close de la chambre de son fils, le geste inutile pour frapper un coup bref s'évanouit vers la poignée dont le métal brossé, au contact, lui donne une nausée triste. Dans la poussière soulevée, elle voit toutes les chambres superposées depuis le berceau. Les armoires et les jouets, témoins oubliés de la métamorphose de l'enfant, les pyjamas toujours déjà trop petits, les jeux, les histoires, les cauchemars et soudain le territoire défendu, la distance. Ce poster qui la gêne. La lettre d'un garçon lue dans le désordre des images de leurs étreintes, tiroir ouvert sur la culpabilité, refermé dans la honte. La chose enfin révélée. Cet instant de victoire et de défaite maternelles. Comme il m'aurait plu, à moi aussi, de poignarder ma mère de cet amour-là. La sienne attend, assise sur le lit, un signe pour se lever. « Pourquoi tu fais semblant d'avoir l'accent anglais ? » Mon cœur s'accélère. « Anglais ? Mais non, moi je suis allemand ! Moitié seulement, mon père est français. » Je suis navré pour lui, pour moi, je suis incapable de mieux. Le garçon de Nevers ne dit plus rien. La musique, hideuse, s'abat sur nous en averse froide. J'hésite un instant, par égard pour nos pisses mêlées, mais je n'en ai pas la force. Je pense au lycéen du bus, la zébrure de la veine à son cou, urgence de vie, de voyage, de forêt. Je me lève et sans rien dire me dirige vers la sortie.

Behave yourself.

II

Je croyais jouer au brigand

Sur le carré bleu clair des tickets du Hangar, tendus sans passion par le vieux dans sa guérite à l'entrée, je note au verso, à peine sorti du sommeil, les garçons de la veille. La première nuit, le videur m'a demandé si je comprenais bien où je mettais les pieds. Ici, mon air de gosse scintille aux yeux des trentenaires. Plus ils sont habitués, mieux ils me désirent, moi surjouant l'étranger à tout, la jeunesse farouche, figé sur le muret de pierre façonné le long du couloir, fesses endolories à force d'attente. Poseur faute de savoir bouger, la face secouée de tics dont je peaufine la crédibilité de visite en visite depuis ma première fois il y a un mois. Depuis, j'y reviens aussi souvent que m'y invitent les mouvements obscurs de mon âme. Après avoir bu avec les autres, après le cinéma, après n'avoir rien fait chez moi. Le samedi, le jeudi, un lundi, un dimanche. Joie face à cette liasse de tickets bleus dans la boîte d'After Eight vide à côté du matelas. Fierté nouvelle au matin. J'étale mes trophées sur le drap, façon Memory. Neuf cartes (dans quelles poches arrière sont perdues les autres ?) alignées en trois rangées de trois, thermo-imprimées « Hangar » en lettres tranchantes noires, et dessous plus petit « sans boisson » et prix en euros. Dix. Qu'il faut la plupart du temps tirer en chemin, métro Arts-et-Métiers, ivre, pressé, inquiet des voleurs. Je retourne une carte : « Le Pâtre », « Bac A2 », « Yeux de chat ». La troisième escapade, je crois. Arrivé trop tôt, pas assez ivre, de chez Armand, après une journée entière à la bibliothèque à ne rien faire, sinon angoisser sur cette douleur à la gorge, du côté gauche. Irrité par l'excès de vin, de cigarette, de culpabilité. Furieux des regards non rendus du garçon en face de moi, ongles rongés, pull noué sur les épaules, dont je déchiffre le nom de ministre à l'envers sur son cahier. Jaloux de cette aisance à se concentrer, stylo en toupie entre les doigts, corps sculpté par l'argent rance, sexe satisfait dans un caleçon en pilou-pilou, vacances à La Baule, désirs assouvis de gré ou de force, et pas un regard vers moi, ni de curiosité ni de courtoisie. Préfère dialoguer avec les livres, le bois ancien, le marbre. Habitude des hauts plafonds. Tous les garçons de la bibliothèque haïs d'un même désir, sauf ceux la bave aux lèvres, mes semblables, que je méprise. Observation des va-et-vient de khâgneux entre les tables sous la voûte centenaire, en quête d'un volume commandé debout, penché devant un terminal hors d'âge, puis récupéré trépignant à la réserve, petits colloques chuchotés à l'ombre des rayonnages où je scrute, derrière les silhouettes, la découpe discrète d'une porte dérobée, regards exaspérés par les bavardages, escaliers dévalés bras à bras, remontés la voix aux décibels du dehors, joues rougies d'air, de rire, de fumée, embrassant d'un œil carnassier le damier des tables, alignement sans fin de corps sages, renâclant au latin, au bas Moyen Âge, sept cents cœurs tout frais, sexes agiles, doigts emberlificotés dans les tignasses, oubliés dans les narines, la bouche, jambes tressautantes, têtes effondrées sur les bras, tenues à deux mains les coudes sur le bois, fichant, refichant, tout à leur voix intérieure, le sang tenu en laisse par les projets imminents de bar, d'apéro, bientôt libres de mouvement, de parole et de pensée. Les corps à touche-touche. Fuite chez Armand, lesté au bras droit d'un pack de bière, j'y découvre ses deux nouvelles copines de fac yeux rouges de shit, vautrées en chaussures sur le lit, provinciales, compliquant si bien tout que je n'arrive pas à deviner laquelle est amoureuse de lui. L'essentiel de leur personnalité contenu dans la mixture tabac et résine mélangée dans la paume, alignée sur les feuilles collées en T, roulées, léchées, fumées sans élégance. Je suis odieux, méprisant, en moi un gosse de dix ans les yeux gros de larmes, mais au-dehors un connard prétentieux. Regard implorant d'Armand. La douleur à la gorge me ramène sans cesse à ma colère. Envie de demander à la plus dégourdie des deux d'y jeter un œil. Puis flemme. Je propose d'aller chercher d'autres bières à l'épicerie. Aux premiers picotements du froid sur le visage, décision irrévocable de détaler au Hangar malgré la neige. L'odeur du lieu, son hallucination dans la rue, déjà m'apaise. Je la redoute pourtant sur mes

La Nuit imaginaire

vêtements, la journée, cette chimie créée pour couvrir la moisissure macérée de tabac, sueur, sperme, vomi, le jamais aéré, la serpillière mal lavée, les corps frottés du dedans. De retour, je la chasse de ma peau à l'Ushuaïa lait de palme, mes habits cuisant à soixante degrés pour enfoncer la fraîcheur alpine de la lessive au cœur de la fibre. Le vieux dans la guérite me lance un regard inquiet. Peur d'avoir mauvaise mine. Qu'il ait décelé en moi la naissance d'un cerne annonciateur de mort. Ou pire, cet air malsain dont je crains la contagion au point de préférer quitter l'amphi, le café, le wagon si je ne peux mettre suffisamment de distance entre ceux qu'il accable et moi. J'ai même abandonné un TD cette année pour déjouer le maléfice ayant poussé la prof à m'assigner comme camarade d'exposé un type à tête de fouine, aux narines molles et à l'œil tombant. Souvenir porteur de nausée, ouvrant sur la ribambelle des dégoûts, depuis la cabine de piscine souillée de matière fécale en CE1 jusqu'au noyau d'olive sucé par un autre et mis par erreur dans ma bouche dans une poignée de chips, un soir au Tournesol avec Mona.

Il est tôt, le hall du Hangar est à moitié vide, j'en distingue pour la première fois l'armature, les passerelles de métal au-dessus de la fosse, d'ordinaire saturées de chairs en percussion. De rares silhouettes s'y échauffent, chemises nouées autour de la taille, marcels blancs, jeans moulants, casquettes portées à l'envers, baskets montantes. Des banlieusards, minces, grands, surexcités, profitant du calme relatif pour perfectionner leurs mouvements sur la piste encore sèche avant le bouillon des corps en fusion. D'ordinaire je trace tête baissée vers les escaliers sans détailler le contenu du fourgon à bestiaux. L'étage est un simple sas, un leurre de bruit entre la rue et le sous-sol. En bas, la ronde des garçons dans les couloirs a déjà commencé, sage encore, temps infini de la nuit d'avant trois heures. Sur mon petit banc de pierre, féerie des habitudes, je m'installe face au manège des filatures. Assis deux mètres plus loin, dos sur l'angle du couloir adjacent, une jambe repliée sur le muret, l'autre au sol, faisant face à mon profil, un type d'âge incertain, habillé jeune, visage fripé, genre vingt-neuf ans, ayant dû être très mignon. Il me regarde, je l'ignore avec la même intensité. Bonheur d'être vu. J'improvise pour lui de nouveaux tics, écarquillements soudains, clignements involontaires. L'excitation, l'angoisse logent-elles au même organe ? L'espace enfin se dilate, le sang circule de nouveau. Même la douleur à la gorge devient moins pressante. J'essaye de cartographier le labyrinthe autour de moi. Je suis incapable de connecter entre eux les différents couloirs, de me rappeler lequel débouche sur l'alignement de petites cabines fermées avec matelas de gymnase au sol, lequel s'enfonce vers cet espace obscur dont les rideaux épais absorbent en continu les râles d'une meute sans cesse renouvelée, lequel ouvre sur le bar et lequel sert de tribune pour regarder le spectacle des accouplements dans la salle des lanières, avec les anneaux de métal et le sling où se balancent les corps offerts en gigot. Moi, bien sûr, je reste côté cabines et encore, je rechigne à m'allonger sur les matelas souillés. Debout oui, à genoux, assis. Jamais couché. Perché sur le muret, enveloppé par les désirs des autres pour les autres, je laisse la neige fondre à mes pieds, couler le ruisseau de mes pas dans la ville. Je suis bien. Impression d'être protégé de tout. Des bombes, de l'âge adulte, des obligations de garçon. Lavé des impératifs virils, l'air respiré ici, rare, vicié de tabac et de bière, me libère. Tout est semé. Même la mort ? Derrière le soulagement, embusquées, les images tenues à distance, prêtes à éclater au cerveau, de la grand-mère édentée, en culotte, souillée sur le lit défait de l'hôpital, de la mère déchiquetée sur les rails, de tous les perfusés sur ma route. Mort sans fin des êtres aimés et leurs chevets inaccessibles, de dégoût, de peur. Même sur les feuilles où j'écris en secret, tout taire, tout oublier.

La pensée des autres s'effondre à l'irruption du Pâtre. Ici chacun fait *irruption* dans un soulèvement de paupières général. Lui, tout frais pondu, laine effilochée aux manches, à peine sorti du sommeil, d'une grange, d'un rêve. Je me lève d'un bond à sa suite, soudain ranimé, narines béantes pour humer l'odeur de foin fantasmée de ses cheveux, tissant du regard sur sa nuque d'invisibles liens, articulant à voix basse mes incantations d'enfant rat, le cœur cognant contre mon thorax, mes pieds dans les traces de neige fondue de ses bottes de daim. Je le vois chercher devant, regards jetés en désordre sur la faune des garçons postés çà et là le long des murs, puis ralentir, épaules frémissantes, à l'approche d'un groupe de minets gominés dont le

Je croyais jouer au brigand

chef, majestueusement adossé à la pierre nue, lui sourit dans un plissement d'yeux de tombeur. Combien d'heures face au miroir pour en arriver là ? Mes genoux tremblent, pris dans la tragédie de ce travelling, lui avançant devant moi dans le couloir mal éclairé, frôlant sur son passage l'arc tendu des corps prêts à jaillir. Enivré par sa démarche de Mowgli perdu dans la jungle, craignant de le perdre avant même d'avoir eu le temps de le regarder vraiment. Et l'épine dans mon ventre à la vue des paupières levées pour lui, d'y découvrir dessous des regards que je n'aurai jamais. Je marche, réduisant l'écart entre nous, dans son sillage encore froid, le souffle court, si bien accordé à son allure que je sens l'hésitation coaguler en lui, l'envie de se retourner, d'aller y revérifier du côté du minet adossé au mur. Alors je vois ma main se tendre, entrer dans le cadre rapproché de sa nuque, la toucher. Le geste est parti de moi, involontaire. Le temps d'y songer c'est fait. Il se retourne, effrayé. Son visage à quelques centimètres du mien, lèvres roses, yeux bleus, joues piquées de sang, figé dans la surprise. Un instant, il n'y a plus rien d'autre, son visage et la musique. Ma main n'a pas quitté le cou, le poignet repose sur l'épaule. Je souris de toute ma détresse accumulée de la journée, un sourire d'orphelinat, radieux, dont je sens la lumière briller dans mes yeux. « Salut », je dis. Il sourit à son tour, répond : « Salut. » De son cou ma main glisse le long du bras, caresse la laine, mes doigts entrelacés dans les siens. « Tu viens ? » Il hoche la tête, se laisse entraîner. Nous avançons dans les couloirs,

La Nuit imaginaire

moi le feu aux tempes, redoutant de briser d'un faux pas le fil improbable de lui à moi. Je nous dirige vers les cabines, les deux premières sont fermées, dans la troisième ouverte, le sexe dressé d'un garçon aux aguets. Je sens sa main serrer la mienne. De peur ? D'excitation ? Enfermés dans la quatrième je l'embrasse en repassant le film de sa silhouette suivie dans les couloirs, regards du minet gominé, garçons frôlés, l'instant de ma main sur sa nuque. Sa salive a le goût de la faim, nos sexes se heurtent à travers le fer des braguettes, ses gestes sont pressés, imprécis, les vêtements ouverts, soulevés à la hâte, son pull et son T-shirt passés par-dessus sa tête, les bras encore dans les manches, pantalon et slip aux chevilles sur les bottes de daim. Tout le nu de son corps, tendre, ivoire, couvert de grains de beauté. Sentiment qu'on tire pour moi le drap recouvrant une toile jamais exposée. Moment parfait où chacun en son mystère goûte au secret de l'autre par la peau. Il jouit et je voudrais qu'il ne se relève pas de ce râle, je voudrais laisser ici la dépouille inerte de son corps vaincu baignant dans une mare de sang. Alors je quitte la petite cellule sans me retourner pour ne pas apercevoir le jean qu'on reboutonne, la boucle de ceinture, la bouche essuyée d'un revers de la manche avant de repartir à la chasse. Je tourne un peu dans les couloirs, il commence à y avoir plus de monde. Je me sens bien. J'avale un gin tonic, je fume une clope. La douleur revient dans ma gorge, je m'en fous. Je m'en fous de la mort. Le mec de tout à l'heure, celui du muret, s'approche de moi, propose de me payer un verre. « T'es un chaud toi, il me dit. Je t'ai vu comment t'as couru après le blondinet, t'es un chaud. » Il est content. Je voudrais qu'il parte, sauf que je n'ai plus d'argent et que j'ai encore soif. Je ne dis rien. De toute manière il aime parler. D'abord de la façon dont j'ai fait ma pute sur le muret tout à l'heure pour lui, et comment ça lui a plu, puis de lui, du fait que c'est un tombeur de nanas et que les mecs c'est juste pour le fun, pour s'amuser, voilà. Aussi il me dit de pas faire l'intello avec lui, parce qu'il a un bac A2. Ça n'existe plus, je n'ose pas le lui dire, pour ne pas trahir le mensonge de ses vingt-deux ans. À la place, je lui demande en bégayant légèrement de me parler de ses lectures. *L'Étranger* de Camus. Aucun autre titre ne lui vient et je n'insiste pas. Il est débile, trop vieux, vraiment beau. Et je lui plais. Il me demande si je veux l'accompagner dans une cabine. Je refuse. Il insiste. « D'accord, je dis, mais j'embrasse pas. » « Promis, pas de bisous », lâche-t-il d'une manière vraiment charmante. Nous retournons là où j'ai fait l'amour avec le Pâtre. Pendant qu'il me caresse, je me demande si j'écrirai son nom au dos du ticket bleu demain. Sa peau est trop fine.

Après, je tourne encore, longtemps, je ne veux pas rentrer. J'ai trop bu, j'ai sommeil. Je somnole sur le muret en écoutant les conversations, essayant de prédire qui fera l'amour avec qui. « Décidément tu manques de sommeil. » C'est le garçon aux yeux de chat. Celui de ma première escapade dans le Marais. « Pardon, je me suis enfui la dernière fois », je lui dis. Je lui montre la place à côté de moi, il s'installe si près que nos bras se frôlent et bientôt nos genoux. Sensation de télésiège, nous deux à l'assaut de la montagne. On échange des banalités. Il m'embrasse. Sa bouche est brûlante. J'en émerge plus ivre que prévu. « On se tire ? » je propose. Il acquiesce : « Chez moi j'ai de la tisane Nuit calme. » Je le suis dans le dédale de couloirs, dans les escaliers, dans le hall où j'attends qu'il récupère un improbable manteau d'officier russe avec lequel il semble sortir d'une adaptation du *Petit Prince* par Genet. Je lui dis ça en ouvrant la porte sur la rue : « On dirait que tu sors du tournage de l'adaptation du *Petit Prince* par Genet. » Il ne me répond pas, se contente de me regarder fixement avec ses yeux jaunes et de m'embrasser de nouveau. Je glisse mes mains sous son manteau et j'approche son corps du mien pour me stabiliser. Les phares d'une voiture de police se braquent sur notre étreinte qui fait barrage à sa ronde. Nous rouvrons les yeux, éblouis, découverts, deux voleurs au milieu de la chaussée. Il me tire par la main vers une rue étroite, tracée là pour les fugitifs. Je marche quelques pas derrière lui pour regarder les flocons de neige se poser sur ses cheveux d'or, attendant qu'il se retourne et s'assure de ma présence. Un, deux, trois, deux yeux de chat me cherchent dans la nuit.

Les nuits calmes sont des nuits brûlantes.

La photo virevolte dans la pièce, petite feuille d'automne argentée, et se pose dans la lueur glacée d'un rayon de soleil hivernal. Depuis combien de temps ce livre n'a pas été ouvert ? Je suis debout devant la bibliothèque, je scrute cette tache de lumière tombée sur la moquette. Je ne sais même plus pourquoi j'ai ouvert *L'Interprétation des rêves* ce matin, mais je regrette déjà de l'avoir refermé car, malgré mes efforts, il me sera impossible de retrouver la page où la photo avait été glissée. C'est toujours comme ça le matin quand il y a quelqu'un dans mon lit, je fais n'importe quoi. Je ne sais plus comment me comporter dans mon propre appartement, alors je trie la bibliothèque, j'ouvre et je referme des placards, je fais tout ce qui peut enclencher une dynamique de départ chez mon hôte. Surtout si c'est un garçon. La journée je ne tolère que les filles. Quoi qu'il en soit, Javier c'était une drôle d'idée. Sa présence dans mon lit, là, ça n'a plus rien à voir avec son aura derrière le bar. J'avais vraiment trop le blues hier. Cette attente d'un signe du libraire est en train

La Nuit imaginaire

de pourrir en moi. J'ai bu je ne sais pas combien de pintes au Tournesol, l'ivresse ne venait pas. Ni l'envie de participer aux conversations. La seule chose un peu vivante, c'était Javier, ses allées et venues avec l'addition pincée entre les lèvres. Lui et son frère, ils sont différents des autres serveurs. Ils ont l'air d'avoir une histoire à eux, des cabanes dans les arbres, de la terre sur les doigts. Cette odeur-là, je l'ai cherchée en vain cette nuit sur les muscles de son corps. Une partie de moi veut mettre Javier à la porte, une autre est ravie d'avoir un témoin, même assoupi, pour donner plus de solennité à ma découverte. Je me baisse avec précaution pour observer la photo sur la moquette tachée de soleil. Je reconnais immédiatement le visage, pourtant tout à fait inédit, de ma mère, accompagnée de deux autres femmes. J'ai quinze photos d'elle, seize si je consens à compter celle où enfant elle ressemble à Anne Frank. Ce sont les miennes, reliques héritées d'on ne sait qui puisque d'elle tout était banni chez moi. Dans une telle pauvreté, cette nouvelle figure est un trésor. La moindre expression inconnue, posture, angle de vue, ranime dans le réseau des souvenirs asséchés par l'absence la possibilité d'un moment oublié, d'une intonation évanouie, remet en mouvement la peau et le cortège des sensations de nos étreintes. Celle-ci a mis vingt-cinq ans à atteindre mon regard. Je le sais parce que c'est écrit derrière. « Mirabel, juin 1976. L'Autre Groupe. » De son écriture à elle. L'une des seules choses intactes depuis sa disparition, dont je retrouve parfois le timbre sous la plume des femmes de sa génération. C'est une sensation cruelle, l'écriture de sa mère morte dans les mains d'une autre. Je pousse la photo avec mon index pour la mettre à l'ombre et, toujours accroupi, j'observe cette étrangère dont le fantôme me hante depuis mes six ans. Elle est assise, dos droit, jambes croisées dans un fauteuil, de trois quarts, une cigarette à la main, légèrement écartée de la table à laquelle sont installées les deux autres femmes. Le décor est distingué, un bureau Empire, vases sur la cheminée et tableaux encadrés d'or aux murs. Ma mère aussi est très élégante, col roulé noir, chignon, lunettes fumées. Sur la table, les verres sont remplis, le lourd cendrier de cristal également, et à en juger par le désordre de feuilles et les mines de conspiratrices exaltées, leur réunion de travail bat son plein. Les trois comparses lèvent leurs pupilles ardentes vers l'objectif. Je cherche dans ses lunettes le reflet du photographe. Mon père ? Vertige à l'idée de sa présence derrière certaines photographies que j'ai d'elle. Jamais je n'avais pensé que ses regards portés sur moi puissent avoir été d'abord lancés vers lui. Là, j'en mettrais ma main au feu, quelqu'un d'autre tient l'appareil. Pour en savoir plus, je retourne la photo. « L'Autre Groupe. » Ce nom étrange fait partie du dictionnaire familial, je le sens. Tout comme *Mirabel* appartient à ma géographie inconsciente, cette topographie en noir et blanc aux allées couvertes de gravier. Mais j'ai beau regarder les deux femmes assises autour de la table, leur visage ne me dit rien. J'examine les détails un peu flous à la recherche d'un souvenir. Rien. Soudain j'ai très chaud.

La Nuit imaginaire

Sans doute les shots de rhum offerts par Javier avant la fermeture. J'aimerais qu'il parte maintenant, sans rien avoir à ajouter à notre nuit. Ou alors c'est à moi de sortir de l'appartement, j'ai besoin de respirer de toute manière, de marcher. Et si j'allais surprendre Mona au milieu de ses révisions avec des chouquettes ? J'attrape mon manteau, mes gants, mon bonnet, mon sac à dos, et je claque la porte. Ça donnera peut-être envie à Javier d'en faire de même, comme le suggère le mot posé en évidence sur la table basse : « Pas osé te réveiller, céréales dans le placard, claque la porte en partant. » En me dissipant dans les escaliers, je goûte cette sensation nouvelle d'avoir fait l'amour sans nécessité et de quitter l'autre sans angoisse.

Je fais semblant de regarder la carte que je connais par cœur. Je sais ce qu'on va commander. Moi un club-sandwich, lui un steak tartare. Je demanderai s'ils peuvent d'abord m'apporter un café allongé, je chercherai Mickey, le chat, en espérant qu'il vienne se coller à ma jambe pour quelques miettes de poulet. C'est tout. Il n'arrivera rien d'autre. Rien de plus. Si je me tais, alors ce sera le silence. Si je parle, on commentera l'effondrement du monde. Je passerai mon temps à me demander si ça va bien, s'il est content. Et s'il est vraiment de bonne humeur, c'est rare, peut-être que je poserai une question, une vraie question sur avant. Mais je n'entendrai pas sa réponse, et si je l'entends, je l'oublierai aussitôt parce que la culpabilité brûlera tout dans ma mémoire. La peur du désordre causé dans l'équilibre fragile de sa névrose, la crainte d'être allé trop loin, d'avoir énervé, déçu, gâché. Je le regarderai en pensant à sa mort, en ayant le vertige et le désir de sa mort. S'il va pisser, j'aurai peur qu'il chute dans les escaliers trop raides, ou découvre dans ses urines la couleur du sang malade, ou se tache à cause de sa tremblote. Ça ajouterait de la honte à l'embarras provoqué par sa voix trop forte, sa moustache mal taillée, ses vestes élimées, ses chemises maculées de gras, son odeur âcre, ses mauvaises manières. Qu'importe, aujourd'hui j'ai une question qui ne peut pas attendre. Tant pis si la main s'agite. « Et l'Autre Groupe ? » je demande entre deux bouchées. Il mâche une feuille de salade, impassible, un peu de vinaigrette coule le long de sa moustache, il ne l'essuie pas. Aucune réponse ne vient, pourtant il m'a entendu, je le sais. Avant il m'arrivait de douter, de me demander si j'avais parlé. Maintenant, je perçois dans sa chimie d'infimes réactions, l'effet du nom prononcé sur le grain de sa peau. C'est juste que je ne l'intéresse pas assez pour mériter une réponse. Ma question propage une onde dans le lac obscur de sa conscience, bientôt elle atteindra la rive. Alors seulement, je la reposerai. J'en profite pour regarder alentour, les autres fils à l'épreuve du déjeuner dominical. Ceux dont l'œil brille d'une lumière noire, démangé de parricide, je pourrais leur lécher le visage comme un chien. « L'Autre Groupe, ça te dit quelque chose ? » Il n'est plus vraiment là, j'ai attendu trop longtemps, je l'ai laissé s'enfuir hors de notre monde. Hormis la nourriture, il n'y a plus rien dans son champ de vision, il mange avec l'ardeur d'un prisonnier, voûté sur son assiette. Au moment où je m'apprête à lâcher prise, « Oui, c'était un groupe, à l'époque », il me répond, agacé par ce que mon ignorance l'oblige à faire comme chemin vers le bas, au ras des pâquerettes.

« Un groupe de psychanalystes. Pas les meilleures si tu veux mon avis. » Il mâche d'un air satisfait, celui d'un homme face à son tas de fumier. « Un groupe de psychanalystes femmes dont ta mère s'était entichée. » Le silence à nouveau, puis : « Suzy Zaltman », suivi d'un autre silence strident, celui d'après les cymbales, jusqu'à l'addition, vérifiée minutieusement pendant plusieurs minutes pour débusquer l'arnaque, la demi-Badoit comptée deux fois, le café au prix du crème. Une manière aussi de me faire comprendre le coût de ce moment passé avec moi. L'addition écrasante de notre déjeuner dominical, à peine une fois par mois depuis que j'ai quitté l'immonde appartement fréquenté en apnée, mais dans lequel mes rêves me tiennent encore captif trois ans après ma libération. D'habitude à ce stade du repas, la rage s'est si bien infiltrée sous ma peau que je la suerai durant des heures, parfois des jours, en versant le trop-plein sur les plus tendres de mes amis, incapable de réfréner mon agressivité. Aujourd'hui, toute mon énergie est concentrée sur une seule tâche : ne pas oublier le nom de cette femme, Suzy Zaltman.

Douceur des gerçures de janvier.

Pour me rendre chez les parents de Mona, je n'ai qu'à descendre le boulevard du Montparnasse. Des larmes de froid roulent sur mes tempes dans un picotement salé. Je flâne, bercé par l'écho de mes pas sur les façades des immeubles dont les fenêtres me tiennent lieu de chaperons. Sous la rosace de l'église Notre-Dame-des-Champs, je prends le temps de me souvenir du cierge promis à Dieu en échange d'un message du libraire. Et si j'en allumais un malgré tout, par bonté d'âme ? Dans la nef encore chargée de l'encens de la messe du matin, le froid s'engouffre humide sous le manteau. En serrant le col à mon cou me revient la sensation de tous les corps habités depuis l'enfance. Mes vies se tournent autour en lianes, sans jamais se fondre en une seule. Je n'existe que par le moment et pour les yeux de ceux qui en sont témoins, rien ne lie entre eux les instants de mon existence. Celle de la Vierge s'étale au-dessus de ma tête en vingt-deux tableaux d'inspiration orientaliste, de sa naissance à sa montée au ciel, en passant par la fuite en Égypte. Leurs couleurs fanées courent tout le long de la nef au-dessus des colonnes. Il suffit de lever la tête, à peine entré, pour se plonger dans les ruelles pavées de Bethléem, les paysages arides de la vallée des Rois ou du mont des Oliviers. Mais je ne m'en serais certainement jamais aperçu sans Élie.

C'était au printemps dernier, j'étais venu allumer un cierge pour demander un nouveau corps à Dieu qui m'a fait trop maigre. C'était avant l'été, avant le départ des parents de Mona pour le Japon, avant les révélations de ma tante, le Hangar, la photo. Avant la fièvre de cet hiver où la neige, silencieuse, secrète, m'invite à remodeler le temps. L'église était vide, à l'exception d'un garçon assis tout devant, le dos bien droit sur une chaise en bois, mains sur les genoux, à la croisée du transept, en bermuda et polo blancs immaculés. Avec ses cheveux blonds, on aurait dit un ange. Un monde nous séparait de l'extérieur. À l'excitation grossière du boulevard chauffé par un soleil précoce succédaient l'ombre et la pierre froide. Je quittais un essaim de corps avachis, bourdonnant en T-shirt aux terrasses des brasseries, pour la silhouette aérienne d'un chérubin plongé dans la contemplation. Sans réfléchir, j'ai porté ma main droite à mon front et tracé un signe de croix à la discrétion théâtrale, avant de faire résonner mes talons sur le sol. Je jouais pour lui. L'allumage du cierge n'avait plus rien à voir ni avec Dieu ni avec mes hontes secrètes, seul comptait ce qui du monde parvenait à la conscience de cet inconnu. J'ai psalmodié une prière profane devant le petit autel et, à peine la flamme allumée, je me suis retourné presque involontairement afin de vérifier si j'avais réussi par ma cérémonie à capter son attention. Le garçon, happé tout entier par les images au-dessus de lui et les pensées profondes en surgissant, n'avait pas bougé d'un cil. J'ai entrepris de faire le tour de la nef pour atteindre sa travée par le côté opposé. Je voulais apercevoir son visage, le forcer à prendre acte du mien, sentant monter en moi une frayeur : s'il était beau, ma journée serait définitivement gâchée. Les filles peuvent être belles je m'en fous, mais un garçon trop bien dessiné me donne toujours envie de mourir. Par chance, la figure sous les cheveux d'or était assez banale : nez sans caractère, oreilles décollées, bouche trop fine et corps efflanqué, avec des bras sans relief terminés par des mains trop graciles d'où saillait la corde des tendons. L'allure était élégante, le regard doux, cependant rien en lui ne me faisait regretter d'être moi. Je me suis installé à une distance de cavalier sur un échiquier, deux chaises sur la gauche, une chaise en arrière. De là je pouvais suivre son regard projeté sur la grande toile au-dessus de nous. S'y déployaient à l'horizon les pyramides d'Égypte dans le soir couchant. Au premier plan, assise sur une pierre, une femme tenait son enfant dans les bras. Un homme accroupi à ses pieds tentait d'allumer un feu de brindilles. Un âne libéré de son bât paissait sous un palmier, à quelques mètres de là. Au loin, on apercevait une caravane de dromadaires et des habitations de fortune. Aux auréoles dorées flottant au-dessus de la tête des trois personnages,

La Nuit imaginaire

j'ai reconnu la Sainte Famille. Ravi de cette découverte inattendue, Gizeh, le désert, une oasis, j'ai pris le temps d'observer autour de moi les paysages sur les autres tableaux, me perdant dans les dunes piquées de figuiers de Barbarie, longeant les rues sinueuses des médinas parmi les hommes en sandales et keffieh. Ma chaise grinçait délicieusement, la respiration du garçon soufflait à mon oreille. Je nous imaginais, voyageurs au repos, fumant le narguilé dans les tourbillons de poussière soulevés par le vent du sud, nos gourdes remplies d'eau croupie du Nil. Les livres m'ont donné le goût de l'aventure, sans rien en connaître je me sais taillé pour l'amour et les voyages. Même soif de se perdre, même nécessité solitaire. « Tu viens au pèlerinage ? » En me transportant dans le tableau, j'avais enfin pris place dans la réalité du garçon qui s'était retourné vers moi. Sans attendre ma réponse, il a chuchoté, tout excité : « Ils ont passé deux ans là-bas, alors nous forcément, dix jours, ce sera pas assez, mais tu verras, l'Égypte c'est formidable. » J'ai acquiescé, feignant de ne pas entendre sa question quand il m'a demandé : « T'es de quelle aumônerie ? », parce que je pensais que c'était un truc pour les pauvres, un genre de resto du cœur. Sa voix était douce, traînante. Il prononçait chaque syllabe dans une manière de dépaysement. Ce jour-là, nous sommes restés longtemps à parler de nos rêves d'ailleurs, si bien qu'en nous quittant nous avions déjà cheminé ensemble. « Je m'appelle Élie », m'avait-il annoncé en me tendant une main amicale. Les semaines suivantes nous nous sommes souvent retrouvés sur les mêmes chaises grinçantes pour évoquer le delta du Nil et ses merveilles, lisant à voix haute les romans où ce Levant d'explorateurs déployait tout son arôme de benjoin. Chaque fois que je passais devant l'église, j'entrais dans l'espoir d'y rencontrer mon camarade. Au mois de juin, j'allais presque tous les jours profiter de la fraîcheur de la sacristie et de la compagnie d'Élie, soi-disant pour réviser les partiels. Cette amitié intriguait beaucoup Armand, qui moquait mes soudaines passions chrétiennes. «Tu vas bientôt te traîner à genoux dans les rues de Jérusalem», m'avait-il prédit.

Je ne suis jamais parti à Jérusalem. Vers l'Assomption, Élie s'est mis à dérailler et puis il y a eu l'internement. Le prêtre m'a raconté un peu, mais il avait mis sa main sur mon épaule et je n'arrêtais pas de penser à mon grand-père qui m'avait dit un jour : « L'angoisse est un ours noir qu'il faut chasser à force de rires et de cris, sinon il revient poser sa patte sur toi et tu ne peux plus bouger. » Le père Claude, avec sa barbe, son œil tout noir sans iris, et sa carrure de géant, m'accablait de sa patte, alors j'ai fui et je n'ai plus remis les pieds à l'église. Aujourd'hui si je pense à Élie, mon esprit riposte toujours avec la même propagande. Il cherche par tous les moyens à me faire relativiser notre amitié. C'est pareil chaque fois qu'il arrive quelque chose à une personne que j'aime. Je dresse des murs d'indifférence pour me convaincre de ma capacité à survivre, à rester intact. Dans ma tête, c'est l'oraison des fausses excuses : finalement je connaissais à peine Élie, je l'avais vu peut-être cinq ou six fois. On bavardait c'est tout, et jamais ailleurs qu'à l'église. À bien y penser, je connais la caissière du Franprix depuis plus longtemps, est-ce que je suis lié à elle pour autant ? J'ai parlé de lui à Armand et à Mona, c'est vrai, mais justement pour dire à quel point il était étrange avec ses manières de cul-bénit...

Les voix errantes en moi entonnent leur litanie vagabonde, assoiffées de liens brisés, d'espace, de silence. Je m'approche de l'alcôve. À côté de moi s'affaire une vieille veuve préposée à l'extinction des cierges mourants. Ici et là dans l'église, chacun joue son rôle en silence. Aujourd'hui je ne joue pour personne, je prie pour l'absent, mon libraire, j'ai la même soif d'être vu par lui, d'exister dans son monde dont je ne sais rien. Je fouille dans ma poche à la recherche d'un briquet, la mèche refuse de s'allumer. Il fait trop humide pour ma sorcellerie de bazar.

Rentrer à la maison, maintenant ça n'existe plus. Les soirées à bouquiner en mangeant de la bûche de chèvre, c'est fini. Se réfugier chez Mona aussi. Les rares fois seul chez moi, je suis saisi par la honte en constatant la finesse des murs, j'entends tout de mes voisins. Ce petit couple qui dort là, contre moi, sait tout de mes ivresses. Je sors et quand les autres rentrent, je ne rentre pas. Je connais le secret de la nuit éternelle. Jamais trop saoul, jamais trop fatigué, j'y plonge sans réfléchir. Il y a toujours un bar pour moi dans le Marais, un club où me cacher. Marcher, boire, marcher, parler à ceux qui me parlent, et le reste du temps, se contenter de voir, sans rien chercher à comprendre. Muet parmi mes frères. La nuit est une berceuse sans fin, je lui prête mon corps avide d'être désiré. Heureux de ne plus porter mon nom. Parfois c'est drôle, parfois c'est long, mais jamais je n'abdique avant d'avoir tout vu. Les mêmes chemins, les mêmes pensées, les mêmes mises en scène de l'ivresse. Ce n'est pas la fête, c'est une cérémonie où chacun chante son cantique. Le mien, je le découvre avec mes élucubrations d'ivrogne, est empreint d'une certaine mélancolie. Le sourire est un masque. Un piège. Les nuits sans bergers sont les plus sombres. Il faut tromper l'angoisse coûte que coûte. Ce soir je suis entouré de cow-boys bruyants, vulgaires, leur salive est noire. Je commande un dernier verre pour laver au gin et aux glaçons le goût dans ma bouche avant de fuir. Dehors la neige des trottoirs fait venir le chagrin, et ne sachant pas trop où trouver du réconfort au milieu de la nuit, je pense au garçon aux yeux de chat. À ses baisers tendres sur mon cou dont j'avais emporté la marque sur les bancs de la Sorbonne. Je ne sais pas grand-chose de lui, mais je me souviens de son adresse : une porte bleue derrière le marché des Enfants-Rouges. Mes jambes y titubent, indifférentes à ma vue dédoublée. Attente interminable sous le porche dans le froid glacial. Plus j'y pense, plus l'attente me semble être le foyer de mon existence. Tout ou presque s'y matérialise, à commencer par ma présence. J'en profite pour rejouer dans mon crâne le coup de fil à Suzy Zaltman. En composant son numéro trouvé dans l'annuaire de la cabine téléphonique en face du Select, j'ai eu la sensation d'entrer dans le cadran les coordonnées géographiques d'un monde englouti. Là où ma première enfance et ses figurants ont été projetés à la mort de ma mère. Entre ce passé et le présent, il y a plus qu'une longueur de temps. C'est de cet ailleurs que fouillaient les câbles téléphoniques enfouis sous les trottoirs qu'a jailli la voix de Zaltman. L'entendre, m'entendre, ça nous a mis tous les deux un genou à terre. Nous sommes restés silencieux une ou deux secondes, à écouter le sang refluer du cœur. Son timbre a grésillé de nouveau, une invitation à venir prendre le thé chez elle. Un jour de la semaine prochaine encore lointain, mais ça n'avait pas d'importance, dans un moment bientôt je serais en face d'elle.

Une jeune fille arrive du coin de la rue, je me décale, engourdi par le froid, pour la laisser composer le code et je m'engouffre derrière elle sous la porte cochère du garçon chat. J'essaye de ne pas avoir l'air trop menaçant. Je la dépasse même pour ne pas l'inquiéter. L'escalier sent l'humidité. Arrivé à l'étage des bonnes, je pisse dans le lavabo du palier pour ne pas avoir à le faire chez lui. Je ne suis plus sûr de sa porte, mais il y a une carte postale dessus, insensée, d'un ouvrier assis sur la poutre métallique d'un gratte-ciel en construction à New York. En la voyant je me souviens de m'en être moqué. Je tambourine avec toute la discrétion dont je suis capable dans mon état. Rien. Silence de minuterie. Je m'apprête à renoncer, quand j'entends des pas et le jeu des verrous actionnés derrière la porte. Sa tête surgit par l'embrasure, chiffonnée de sommeil, les yeux mi-clos, suivie par deux épaules nues dont l'irruption là, dans les copeaux de peinture écaillée de la cage d'escalier, me fait vaciller. Il maugrée, visiblement ravi de ma visite. « Je viens pour une Nuit calme », je bredouille. Il m'embrasse, me trouve un goût de gin tonic et retourne au lit tout en me donnant d'une voix ensommeillée des indications incompréhensibles sur le mode d'emploi de sa bouilloire.

La Nuit imaginaire

Sur mes lèvres la chaleur des siennes, je fais chauffer l'eau, déployant des trésors de discrétion rendus vains par l'ivresse. Lui râle, pris entre songe et réalité. La lumière de la lune arrive bleue sur sa peau. J'inspire à pleins poumons cette intimité de garçon si souvent fantasmée. Le Caravage épinglé au mur, les caleçons jetés en boule, les stylos alignés et les livres ouverts retournés sur le bureau, la cuisine de fortune où jaunissent de vieux filtres à café usagés et un paquet de biscuits éventré, un vieux Musclor manchot pendu au Velux, des boîtiers de CD en pagaille et les draps froissés, pas changés depuis des semaines. C'est comme un rêve, en moins réel. Je suis là où j'ai si souvent voulu être, pourtant les différents éléments de cette équation ne cessent de m'échapper. Même sous mes yeux, le réel se défausse. La nudité du garçon chat, la place ménagée pour moi dans le lit, le monde formé par sa pensée. Je suis saoul, je sens le chaos de mes organes alourdir mon corps. Je voudrais être moins là. Chez Mona, je ne pèse jamais mille tonnes. Ici, les épaules, le ventre blotti sous l'édredon, le sexe chaud exercent une tension telle que les objets autour semblent prêts à céder leur emprise pour se précipiter en lui. Toutes ces choses sont des instants de lui éparpillés dans le petit espace de la chambre. Bientôt je vais me glisser à ses côtés et chercher maladroitement un contact avec sa peau. Je ne sais jamais comment initier l'amour. Par chance j'ai assez bu pour espérer échapper, quelques poignées de secondes, à cette conscience de plomb, aux gestes lestés par la honte. Je ne me hâte pas, son

Je croyais jouer au brigand

demi-sommeil m'offre, privilège de sorcier, le pouvoir de figer la scène et de m'y mouvoir hors du jeu des regards. Je contrôle enfin le temps. En portant la tasse de garçon remplie de tisane à mes lèvres, déjà excité par ce baiser de porcelaine, je m'interroge inquiet sur le destin de ce moment précis dans ma mémoire. En restera-t-il autre chose qu'un souvenir ? Sera-t-il plus réel d'avoir été vécu en vrai ? Nous faisons l'amour sans nous laisser distraire par le jour, dormons enlacés, deux petits soldats dans l'exil des tranchées de la jeunesse. Quand je me réveille, il dort profondément, j'embrasse sa nuque chaude plusieurs fois, ébloui par le soleil dans le soyeux de ses boucles. Lorsque je sors dans la rue, il est dix heures quarante, l'heure exacte de ma naissance.

III

Et je déchiffrais
des caractères cunéiformes

Beaucoup de choses ont changé avec la mort de ma mère. Aucune avec autant de brutalité que la cage d'escalier. Dans l'immeuble sans âme de mon père, où j'ai été obligé de vivre, elle n'était plus qu'un cube de béton gris coulé d'un seul tenant. Je ne comprendrai jamais pourquoi j'avais dû aller habiter chez lui, et non l'inverse, pourquoi il n'était pas revenu vivre dans l'appartement qu'il avait quitté en même temps que ma mère. En pénétrant sous le porche de l'immeuble de Suzy Zaltman me reviennent en épines toutes les douceurs du hall maternel. L'odeur de cire, le tapis d'Izmir rouge sombre jugulé par des barres dorées sur les marches luisantes d'encaustique, le vieil ascenseur en bois grillagé, portes battantes et boutons d'avant-guerre. Ça sent la tendresse à pleins poumons, les cavalcades familiales, le repas du dimanche, le tricycle dans la cour. J'en ai le souffle coupé. Je monte à pas de velours en caressant le toboggan de la rampe d'un doigt léger pour ne pas troubler le silence, appuie avec précaution sur la sonnette. Le parquet grince de l'autre côté de la porte. Si je ne respire plus, ma mère apparaîtra dans l'embrasure. On ne dira rien. On fera comme si je venais tous les jeudis. Je ne poserai pas de questions. « C'est bête, me dira-t-elle en servant le thé, si tu avais trouvé la photo plus tôt… » Je la regarderai bouger en tissant dans ma tête les visages manquants entre celui de ma première enfance et le sien marqué par les années d'exil. Je m'en foutrai du temps perdu. Je lui dirai même que cette attente, je ne m'en souviens plus. Quinze ans, c'est un chiffre abstrait pour la mémoire. La mémoire, c'est juste un livre d'images, ça n'enregistre pas le temps. La femme derrière la porte n'est pas ma mère, ou ne l'est plus lorsqu'elle ouvre. C'est Suzy Zaltman, la femme tout à gauche sur l'image, ou plus exactement, c'est une possibilité de la Suzy Zaltman prise en 1976, le résultat d'une vie entière à inventer Suzy Zaltman. Elle porte un tailleur en laine beige. Avant d'être un visage – je n'ose pas encore la regarder dans les yeux –, elle est cette petite pelote longiligne dont je suis le fil discret dans l'ombre d'un couloir. Je sens son trouble à sa façon de s'accrocher à la nacre des perles sur sa gorge. Nous dépassons plusieurs portes fermées, elle marche lentement, en silence, ralentie par ses pensées, et je me demande si elle hésite entre différentes pièces. Mais au salon, une théière fumante et deux tasses nous attendent sur un plateau argenté. En m'asseyant, je suis pris d'un léger vertige. L'alcool qui dormait dans mon sang, secoué par la chute dans le sofa, assèche tout sur son passage. J'ai soif, j'ai chaud, j'ai les yeux brouillés. Toutes les gueules de bois de la semaine se sont donné rendez-vous pour ces retrouvailles. Je voudrais qu'elle dise une chose gentille, une chose sur ma mère, sur moi. Je voudrais ne pas sentir que sa vie à elle a suivi son cours. Elle éclaircit sa voix d'une toux fine : « Je ne sais pas si je vais pouvoir beaucoup vous aider. » Ses ongles s'accordent dans une savante harmonie à la nacre des perles de son collier, au grège de son tailleur orné d'un camé crème, à la teinte moutonnière des fauteuils en forme de dent. Je cherche la photo dans mon sac, glissée dans le livre du libraire, où sont aussi fichés plusieurs tickets du Hangar. Je lui tends et raconte *L'Interprétation des rêves* pioché au hasard dans la bibliothèque, l'image projetée dans les airs : « Ça ne s'invente pas, hein ? », et ma petite enquête pour la retrouver. J'échoue à la faire sourire. Elle m'écoute, juchée sur son trône de laine, et je l'imagine vieille femelle babouin perchée sur la branche d'un baobab. Et plus je parle, plus la savane prend le pas sur le salon. Les lambris étendent leurs lianes autour de nous dans une chaleur tropicale. L'alcool bout dans mes veines. Alors je me tais et elle me parle enfin, ou l'inverse. Sa parole s'accroche aux murs, lierre grimpant le long des bibliothèques, et sature l'air, projetant ses spores, faisant fleurir au hasard des impacts, là une glycine sur le cadre doré d'une eau-forte, ici quelques boutons-d'or dans la trame d'un tapis. Elle boit son thé, assise de biais, tenant dans une main la soucoupe et dans l'autre la tasse suspendue. Je voudrais qu'elle boive. Elle parle. Et moi je n'entends rien à cause de la forêt qui se déploie. Aux fleurs des champs ont succédé les plantes plus grasses et menaçantes de la jungle. L'air est maintenant humide et dense, vicié, je le sens pénétrer mes poumons, il contracte les alvéoles, rend ardue la respiration. Je me concentre pour attraper des mots, pour les saisir avant qu'ils ne tombent en fleurs vénéneuses sur le tapis, mais ils glissent entre mes mains. Je le tenais celui-là, « mélancolie », il m'échappe, jaillit et s'abat en bouquet sur un guéridon. Je voudrais qu'elle boive. Il suffirait d'une gorgée pour faner tout entière mon angoisse, juste la brûlure du thé fumant sur sa langue, tout s'évanouirait, même les plus grosses lianes se dissiperaient à la façon des rêves au matin. Au lieu de ça, je sens une présence frayer son chemin vers l'ourlet de mon pantalon, est-ce un chat ou le museau d'une racine qui cherche à agripper ma jambe, à m'attirer sous l'humus pourri du parquet ? Au milieu des arbres, Zaltman me semble maintenant minuscule dans sa gangue lanice. Si elle ne le boit pas ce thé, je vais le lui jeter à la figure, une grande claque du revers de la main, projeter tasse et soucoupe sur sa joue, me saisir de tout ce qui coupe pour la cogner le plus fort possible, faire couler le sang, m'acharner encore sur son cadavre, sans me laisser attendrir par les convulsions, les yeux blancs, le regard enfui. « Vous êtes certain de vouloir remuer tout ça ? » me demande-t-elle. Je prends une grande respiration. Remuer tout quoi ? J'écarte le chat d'un gentil coup de pied et tandis qu'il s'éloigne en miaulant, je réhabitue mes yeux à la réalité. Les murs tendus de jonc, ponctués de paysages hivernaux d'une sobriété protestante, le vase de fer où médite une brassée de monnaie-du-pape. L'air est sec, il n'y a ni sève ni sang. Il n'y a que cette vieille dame sévère, face-à-face de crapauds, le thé charge nos haleines du même goût fumé. Elle boit une gorgée. Je la regarde longtemps. Parce que je peux. Parce que le moment m'y invite. Elle finit par dire : «Quelques mois avant sa mort, je ne sais pas si vous l'avez su, votre mère est partie avec Gloria, l'autre femme de la photo, et son mari, en Égypte.» Je hoche la tête. À la fois pour dire oui et non. Non, je ne l'ai pas su, oui je veux des détails. En Égypte?

Mona est ivre. Moi moins. Je lui expose une version expurgée de ma nouvelle vie nocturne, et la nuit où pris au cœur d'une bataille de boules de neige à la sortie d'un club je me suis senti invincible. Je la sens impatiente, inattentive, vêtue pour me punir. J'observe sur son corps l'épreuve de mon absence. Elle dit : «Je m'inquiète pour toi. » Ou pire : «On s'inquiète. » Elle, Armand, Thibaut, sa copine Paméla, la gardienne dans sa loge. Tout le monde est très préoccupé. Je bois trop, je sèche la fac, je ne réponds jamais au téléphone, je couche avec n'importe qui, j'ai une mine de papier mâché. Bref, je file un mauvais coton. La liste me fait sourire, je n'aurais jamais imaginé devenir si cool. Sur le visage de Mona, le masque de l'adulte en fin de sermon, parole à la défense. Je migre dans le fauteuil en cuir pour ne pas risquer de frôler sa main. Dans mon esprit c'est la tempête de neige. Mona a zappé sur une chaîne de mon cerveau qui n'existe pas. Elle veut parler de nous, c'est-à-dire d'elle en moi. Jambes repliées sur le côté, buste droit, bras tendu, main posée à plat sur le velours du canapé, elle me fixe souveraine. Depuis ses quinze ans, Mona ressemble à une vieille gloire hollywoodienne dans le désordre de son ivresse. Ce soir, c'est Mona l'Égyptienne. Pour éviter son khôl fardé de reproches, je me lance dans la confection d'un joint avec pour seul horizon ses ongles rouges sur la mousse sombre du canapé. Ensorcelé par le contact du lisse et brillant sur le doux et moelleux. J'aimerais être chez ce copain de la fac qui a une console ou assis seul au bar du Stone. Tout, sauf faire le point sur ma vie avec Mona. Mon silence s'accumule entre nous. Elle passe une main dans ses cheveux et délivre sa version des faits : notre petite lune de miel de cet automne, la vie de château chez ses parents, m'a libéré de ma carapace d'enfant sauvage. Devant une telle promesse de bonheur conjugal, j'ai préféré prendre le large, version grand format pour ne pas me confronter à ma peur de l'abandon. Aussi, enjambant mes frasques au Hangar d'un revers de lucidité, elle m'annonce que nous sommes amoureux. La feuille sur le côté a mal collé, je n'ai plus assez de salive et j'ai fait tomber la moitié du mélange de tabac et de shit sur la table basse. Une gorgée de gin me soulagerait, la brûlure de l'alcool, son galop dans mes veines. L'appartement, délaissé, me refuse lui aussi son secours : verre vide, musique à l'arrêt. Les paroles de Mona se propagent en moi en une onde mauvaise. Je tâtonne en quête d'une brindille de sincérité, une formule pour remettre les choses en ordre. Mon bassin, lui, s'ajuste au grade nouveau, celui de garçon en position de force, calé en arrière dans le cuir du fauteuil. Ce mouvement, elle l'observe, c'est celui du mufle en moi, des cruautés de vestiaire retournées sur le premier tendre venu, trahissant les intentions troubles, les sentiments piétinés. Je suis soudain gorgé de l'imposture proposée par Mona, elle me chatouille à l'endroit d'humiliations anciennes. J'essaye de me souvenir de la Mona d'il y a une minute, avant le gâchis de la déclaration. Il faudrait pouvoir dire avec honnêteté les impasses, les limites de mon amitié, mes demi-mensonges, mon obsession pour le libraire et le livre acheté chez lui, la béance ouverte au Hangar, comment j'ai glissé hors de notre petite fiction de la bande du lycée pour d'autres récits où elle ne figure pas. Bien sûr, je n'en ai pas le courage. Les mots à peine assemblés dansent devant moi en ribambelles de crépon, ondulent à la manière des dragons de Nouvel An chinois. Il ne faut pas nommer les choses. Je fouille dans le désordre de ma tête à la recherche d'une idée, d'une image, pour nous hisser hors de ce magma avant que la lave ne nous fige là. Tout se mélange dans la répétition sans fin des mêmes motifs. Alors j'attrape ce qui se présente : « Tu sais, je pense beaucoup à ma mère ces temps-ci », yeux harponnés à son vernis, l'étoile scintillante du lustre reflétée sur chaque doigt, j'articule d'une voix blanche, adressée à tout ce que la pièce contient d'histoires racontées, les livres alignés sur les rayonnages, le paysage vénitien au mur et son face-à-face, le portrait de la femme en chemisier blanc. J'ai tout mon temps à présent. Ma phrase ouvre sur quelque chose de neuf. Un minerai cher au cœur de

La Nuit imaginaire

Mona. Le sceptre est dans ma main. Je flâne dans le petit meuble laqué, cherchant une bouteille digne de la situation. Pourquoi pas ce whisky japonais dont nous nous interdisons l'ivresse depuis des semaines. Le *Concerto d'Aranjuez* posé sous le diamant de la platine vinyle, je retourne aux ongles de Mona, versant le blend dans les verres taillés en biseau. « Tu veux m'en parler ? » Elle écrase un sourire abject, de ceux qui s'invitent aux enterrements. À voix basse je raconte, et maintenant elle accorde toute son attention, la tête inclinée de compassion, la main consolant le velours d'une caresse profonde, timbre descendu dans des douceurs de comptine. Je propage en elle les images transmises par ma tante, convertissant moi aussi les mots opaques de la mort en une série de gestes, une succession de décors précis, qui en écartant le spectre flou des possibles vous grave à jamais des visions sur la rétine. Enfin, je sors du sac la photo retrouvée, et d'un doigt pressé sur la table basse la fais glisser vers Mona. Parce qu'elle est apparue dans l'orbite des révélations de ma tante, cette image-là a pris une importance démesurée dans ma vie. L'Autre Groupe, l'année 1976, ces trois femmes surprises par le flash en plein travail dans cet appartement, bien avant ma naissance, le mystère de tout cela est devenu l'antidote à l'impensable de son suicide. Nous nous penchons dessus, complices de nouveau. Mona fait ce qu'elle fait le mieux, prendre son temps, donner de l'importance aux détails et le sentiment d'être totalement là pour l'autre. Elle veut tout savoir, me pose des questions auxquelles je n'ai pas de réponse. La liste des souvenirs de ma vie d'avant tient au dos d'un sous-bock. Un dessin sur le tableau en forme de pomme dans la cuisine, un fou rire, un orage, le parapluie rouge à la brocante, une partie de Mille Bornes… Je lui dis la différence entre la mère et la morte. Moi, je chemine avec la morte depuis quinze ans. Un compagnonnage avec le vide. La femme sur la photo, celle qui est ma mère, elle ou une autre, qu'importe au fond. Une vie prise par accident dans la mienne, figée dans la résine de l'année 1985. L'appartement, les amis, le train en bois, le poêle prussien, la sonnerie du téléphone, l'enfant lui-même, tout est emporté de l'autre côté de la ligne du temps, tout manque. Je passe le joint à Mona. Un instant, elle pense que c'est ma main que je tends, mais sa caresse rencontre le filtre de carton, s'en empare, se retire. Je lui dis : « Cet hiver, la frontière s'est ouverte », une brèche située pas loin de là où brûle mon désir pour les garçons. On ne peut pas expliquer cela. La présence de ma mère dans les rues la nuit, l'écho de ses pas, tambour pavant le chemin de sa dernière nuit, l'envie de marcher avec elle jusqu'au lieu de sa mort. Sentant les larmes monter, je jette un coup d'œil rapide autour de moi pour m'assurer que la scène est bien en ordre, musique douce, lumière tamisée. Il faudra faire attention, ne pas laisser le vaste en soi prendre le dessus, cette lame de fond dont rien n'a la mesure. N'en verser qu'un hoquet. Ailleurs, autrement, un jour, avec le libraire par exemple, je pourrai. Ce soir, je vends ma tristesse pour faire diversion. Au fond, je ne sais pas si je manipule Mona ou si je me mens à moi-même. Les larmes sur mes joues coulent parce que personne ne me retient la nuit. Je voudrais dans les bras de ma mère redevenir, le temps de la serrer de toutes mes forces, l'enfant que je n'ai pas été. Me consoler de mes désirs dans notre étreinte. Seul ce mouvement de balancier entre les corps des garçons et le corps de ma mère me rendrait supportable l'adulte dont je prends le chemin. Sans son corps, sans ce mouvement, c'est trop cruel. Mona a posé sa main sur la mienne, une main chaude, pleine de compassion et de désir. Elle n'est plus ivre d'alcool mais de cette intensité qu'elle traque dans les pages des vieux Folio et les cinémas de quartier. Cette vie aux arêtes escarpées dont elle a été privée par le coton imbibé d'éther d'un foyer aimant, elle qui n'a jamais croisé la mort en vrai, hors d'un bocal de poisson rouge. Ce moment l'emplit. Moi, c'est l'inverse. Les larmes ont lavé mon humeur. Je me sens paré au sommeil. Mona se redresse, résolue à faire avancer le script de son existence. La voilà dans mon dos, les mains sur mes épaules. La situation m'excite un peu, mon visage gonflé par les sanglots, déformé aux yeux, aux lèvres, le corps purifié. Il n'y a pas loin du chagrin au désir. Elle est belle, Mona, je m'en aperçois si je me concentre, il faut juste écarter les voiles de la familiarité. Je me déplie hors du fauteuil, corps délassé, je le contourne vers elle, j'avance dans la brume de mon ivresse, soutenant autour de moi les regards imaginaires. Il y a deux pas d'ici aux lèvres de Mona, si je ne suis pas

Et je déchiffrais des caractères cunéiformes

attentif ils s'évanouiront. Qui est là ? Armand ? Thibaut ? Ceux que j'espère jaloux, les désirés, les haïs, les moqueurs, les mauvais camarades et même peut-être, au loin, le père, le mien, le sien, les photos de famille, la gardienne. Plus je cherche, plus paraît immense la foule convoquée en renfort du désir. Elle guide mes gestes sur le corps de Mona, mains sur la taille, lèvres au cou. Même dans le noir profond du baiser, sur la moquette où nous faisons l'amour, dans le lit où je jouis, s'agite en moi la pensée des autres. Dans les bras des garçons, jamais. Je m'y présente seul, défait de tout lien au monde, j'y expose le lieu de ma transformation perpétuelle, un corps aux contours imprécis. Je prends. Mona dort. Si je n'avais pas peur d'elle, je rentrerais chez moi ce soir.

Je n'aime pas les corps révélés.

Est-ce qu'on a sonné ? J'ai le grelot dans l'oreille. Ou bien c'est dehors, une explosion, le noir des freins tatoué sur le bitume, le vent dans les volets. Je n'ose pas aller vérifier à l'œilleton. La lumière du réverbère à l'ourlet de mes rideaux me réconforte, et je ne sais quelles ténèbres m'attendent sur le palier. Je dormais, c'est ça le plus effrayant. Mon studio me regarde, immobile, bibelots et cadres vidés de toute consolation. Je guette une nouvelle détonation. Il est à la fois trop tard et trop tôt. L'heure des réveils d'enfance, paralysé par les formes grotesques avant l'assaut du lit maternel. Cette nuit, aucun secours ne veille au-delà des murs, mon studio flotte dans le néant. J'aurais dû sortir, boire, faire l'amour. C'est trop tard. Ai-je rêvé d'Élie ? J'ai la sensation de nous deux dans la sacristie, le son de sa voix traînante chuchotant nos récits de voyage, étendus sur le vieux tapis persan. J'en renifle l'odeur moisie, salpêtre fleurissant la pierre, missels gonflés d'humidité, le loquet tout rouillé tiré sur notre réclusion volontaire dans la petite pièce aveugle, bien à l'abri des chaleurs de l'été. Je soupçonne Élie d'y avoir dormi les derniers temps. Entre le catéchisme, les maraudes et tout ce qui lui permettait d'échapper à sa mère, Élie ne quittait plus l'église. Je le trouvais toujours dans un coin, occupé à rafistoler, ou en conversation avec le père Claude qui faisait appel à toute sa mansuétude en me tolérant aux côtés de son protégé. Sa façon d'inspirer profondément en me voyant arriver ajoutait à nos après-midi un parfum de clandestinité. Toujours partout, se sentir toléré, en sursis. Nous préparions l'exode en grignotant des hosties, ne sortant de notre cachette qu'en fin de journée, les yeux clignés par la violence du soleil sur nos peaux pâlies par ces heures de cachot. J'aimais cette intimité de chambrée et regarder Élie, sur la pointe des pieds, se soulageant dans le lavabo dissimulé dans un placard, à la source même où le père Claude se purifiait visage et mains avant la messe. Je ne sais plus combien de fois, assis en tailleur, nous avons déplié la grande carte du Levant aux bords jaunis qu'Élie cachait dans le tabernacle avec ses trésors. Peut-être une fois seulement, mais j'y ai repensé si souvent. Nous nous penchions l'un vers l'autre, et sous la voûte de nos visages, Élie longeait de son index le cours du Nil dans un frottement exquis du papier contre la peau. Je suivais sa main noueuse à la recherche d'une oasis où installer notre campement, un œil inquiet sur les antennes de limace de la mer Rouge fouissant le désert. Élie traçait notre itinéraire à travers la Nubie, prononçait à voix basse des noms de lieux dont les sonorités explosaient en bouquets d'artifice au centre de mon torse : Port-Saïd, Alexandrie, Abou Simbel, Djébel Teir, Biban el-Moulouk. Chaque ligne sur la carte, route, voie ferrée, rivière, semblait correspondre au rhizome des nerfs courant sous ma peau. Parfois je saisissais sa main et je m'en servais de yad pour refaire le chemin et entendre de nouveau le nom sucré d'une montagne où nous dormirions ensemble à la belle étoile. Son poignet sous ma paume, nous battions d'un même cœur. Je sentais monter en moi une chaleur confuse, pleine des promesses de notre grande excursion. Aurais-je dû alors déceler dans son enthousiasme les premiers signes de la folie ? Ai-je aggravé par le mien la pente de son délire ? Parfois j'ai l'impression d'être aveugle de naissance à la détresse des autres. Un jour, je lui lisais un extrait où Flaubert, lors de son périple en Orient avec Maxime Du Camp, s'irrite des voyageurs imbéciles ayant écrit leur nom au noir de fumée sur les murs de la pyramide de Khephren, lorsqu'il m'a interrompu : « Peut-être qu'on se trompe, que certains endroits sont faits pour l'obscurité. Je ne parle pas seulement de l'intérieur des pyramides, mais aussi de l'espace ou de la nuit du corps, la nuit totale des organes. » Je n'ai pas relevé. Certaines fois Élie était plus sombre. Notre amitié n'appelait pas de confidences, je savais très peu de choses de sa vie hors des murs de l'église. Il habitait aux Invalides avec sa mère et sa sœur dans un appartement donnant sur la tour Eiffel, était inscrit en maths spé à Louis-le-Grand, rapportait de Biarritz des livres reliés de cuir vert de chez sa grand-mère dévote. Je ne connaissais même pas son nom de famille. Un autre jour, nous lisions, moi allongé sur le banc et lui en tailleur sur le sol, et il m'a dit : « L'Égypte, si personne ne sait plus la regarder, tu penses qu'elle va disparaître ? » Puis, vers le début du mois de juillet : « Ta mère, est-ce qu'elle sera morte pareil quand elle aurait été trop vieille pour être vivante de toute façon ? Est-ce qu'elle sera encore morte quand tous les gens qui l'ont connue seront morts eux aussi ? » Quelques semaines plus tard, en pleins préparatifs de ses examens, il s'est mis à douter de sa propre existence. J'ai pensé à une plaisanterie. Il m'a dit : « Tu sais, je ne peux plus porter des trucs trop lourds à l'église, mes bras ne sont pas comme les tiens, ils sont en glace. » J'ai répondu : « Ça m'étonnerait parce qu'on voit les tendons sous la peau. » Il s'est ausculté d'un air surpris, sans réagir. Moi aussi, il m'arrive de jouer encore, de m'octroyer des pouvoirs, bras bioniques, griffes d'adamantium, lasers ou télékinésie. Souvent lorsque je marche dans la rue, je poste un autre moi-même sur le toit d'un immeuble. J'ai alors deux regards, deux angles de vue. Je me surveille. Assis dans le train, je suis la course de cet avatar de l'autre côté de la vitre sur les rails, il cavale après moi à la vitesse d'un TGV. Je me cours après. Élie avait aussi droit à ses lubies enfantines. En entrant dans la sacristie, je l'ai trouvé plusieurs fois les yeux dans le vide ou très agité, gribouillant sur un carnet qu'il s'empressait de faire disparaître dans le tabernacle. Il était distant, puis tactile, parlait toujours d'Orient mais n'écoutait plus mes idées, monologuait, déviait

Et je déchiffrais des caractères cunéiformes

la conversation et notre itinéraire vers Jérusalem et la plaine du Jourdain. J'ai espacé mes visites, les vacances sont arrivées. «Tu sais pour mes bras, c'est réglé», nous étions devant l'église, je revenais d'une semaine en Italie avec Armand. Élie participait à une collecte de vêtements et j'en profitais pour me débarrasser d'un tas de trucs immondes avec lesquels j'avais cru pouvoir conjurer ma maigreur. Élie, les joues roses de santé, papillonnait entre les mères de famille. J'allais enfin pouvoir cesser de m'énerver contre lui, même, qui sait, reprendre nos projets de voyage. Ravi, je l'ai aidé à entreposer les ballots dans la sacristie. Allongés sur la montagne de tissu nous avons fumé un joint. Il m'a parlé des épines de la couronne du Christ. Pour l'amuser, j'ai raconté la rencontre inopinée entre ma voûte plantaire et un oursin quelques jours plus tôt. Il riait les deux mains derrière la tête, le T-shirt légèrement relevé sur son ventre secoué de spasmes entre deux dunes de coton. Mon corps voguait dans l'évidence retrouvée de notre amitié. J'ai sorti des cerises de mon sac, je m'apprêtais à en glisser une entre ses lèvres, quand il a secoué la tête. «Non merci, a-t-il dit avec la plus grande gentillesse, tu sais je n'ai plus besoin de manger, mes organes se sont décomposés en poussière, un peu comme une momie, il n'y a plus rien sous ma peau.» Mon cœur s'est contracté, vidé soudain de tout mon amour pour lui. Il reniflait à cause des allergies, son visage m'a paru compliqué, disgracieux. Je l'ai haï de préférer sa folie à notre amitié. Je me suis levé, j'ai fait mine de chercher dans mon sac, marmonnant de vagues excuses sans quitter mes affaires des yeux, avant de partir de l'église le front brûlant de colère.

Une moto déchire le silence, j'entends sa course sur le boulevard. Cette fois j'en suis sûr. Je fixe le vide, cet espace entre les objets où l'esprit projette ses fantômes. J'y vois Élie en momie, la peau fondue sur les organes desséchés, me souriant d'une bouche dentée de cerises. Je songe à la malédiction de Toutankhamon, à l'Égypte qui rend fou. Élie. Et peut-être aussi ma mère ? Ce voyage oublié dont elle m'avait rapporté, je m'en souviens maintenant, un petit fez. Une moustache maquillée sur ma lèvre enfantine, je me promène dans l'appartement, feutre rouge et pompon noir couvrant mes cheveux bouclés. Je danse pour elle pieds nus sur la moquette au son d'une musique étrangère. Ce moment était entre les mains de Suzy Zaltman. Cette étreinte avec ma mère, cigarillo près de ma joue, museau enfoui dans son odeur de Shalimar. Est-ce dans les plis du cou de ma mère que naît l'Égypte de mes rêves ?

Je ne sais plus où j'ai oublié mon manteau. J'enlace Javier et, malgré son état, je le laisse me guider à toute allure dans les rues de Paris, mes jambes enserrant le moteur chauffé à blanc du scooter, laissant ma tête rouler pour fondre la ville en traînées lumineuses devant mes yeux mi-clos. Ne pas avoir peur de mourir, est-ce en avoir envie ? Pas avant d'avoir joui encore sur son ventre. Même si je ne sais pas quand, même si j'ignore chez qui. Dans la cage d'escalier, son sexe encore. Nous entrons princiers dans l'appartement où l'ivresse mille fois exhalée des convives a chargé l'air de vice. Les précautions de minuit n'ont plus cours, on se nourrit à la main, vidant les verres des autres et son sac avec les mots qui viennent le plus aisément à l'esprit. J'aperçois sur le visage de la maîtresse de maison les vestiges d'un maquillage minutieux, la jupe qui devait être gracieuse du temps des premiers invités. Elle hurle de joie en dessinant au feutre noir sur le torse d'un garçon. À mon passage, il saisit mon col, approche ses lèvres des miennes pour faire couler de la vodka orange dans ma bouche. Sa main laisse une coulée humide dans mon cou. Le couloir sent la sueur, et la musique fait vibrer mes os. Dans une chambre, Javier me fait chavirer dans un lit de manteaux pour m'embrasser. Je lui dis : « Non, pas la bouche sinon je vais vomir », en ouvrant ma braguette. Un couple entre et je me relève avec difficulté. « J'ai perdu mon manteau », je dis, mais la porte est rouverte et on ne s'entend plus. Il me tire par la main vers la salle de bains où trois snobs font disparaître d'immenses lignes de cocaïne dans leurs narines à l'aide de tickets de métro. J'ai l'impression d'assister à une master class de prestidigitation, ma blague ne les fait pas rire ou ils n'ont pas saisi. Javier entame une conversation passionnée avec l'un d'eux, et son accent fait pétiller ma colonne vertébrale. Je l'écoute en m'aspergeant de parfum, l'odeur trop sucrée me donne la nausée. Je n'ai pas envie de me droguer. J'essaye de me concentrer sur cette chose très agréable dont je n'arrive plus à retrouver l'origine. C'est le goût de la vodka orange dans ma gorge, et l'image de ce garçon torse nu dans le couloir. Je pars chercher l'un et l'autre. Le salon est encombré de danseurs, la table est un champ de gobelets sales et de bouteilles vides. Je fais demi-tour vers la cuisine, une fille m'attrape par l'épaule, nous sommes inscrits au même TD de droit européen, je m'en fous, elle semble folle de joie, je la regarde parler en m'efforçant de lire sur ses lèvres charnues, puis je décide de ne plus la déchiffrer, je me contente d'observer son visage, j'ai envie de tirer sur ses cheveux frisés juste pour clore la conversation. Je voudrais la prendre dans mes bras, elle mérite tellement d'être aimée par une personne sensible et douce. J'ai vraiment trop soif, je lui demande si elle veut venir avec moi dans la cuisine chercher à boire et dès la porte franchie je l'oublie parce que le garçon torse nu, même s'il a maintenant un T-shirt Nirvana, se tient juste devant le frigo et la seule solution pour se parler avec ce bruit, c'est de se mettre à deux centimètres de son visage. Il n'a plus l'air de vouloir m'embrasser, je ne sais pas s'il me reconnaît, ça me contrarie, je pense à Javier dans la salle de bains. Dans le frigo, il y a plein de bouteilles de champagne encore fraîches, on fête cette nouvelle comme si on avait découvert un remède contre le sida, je fais sauter un bouchon et je sers tout le monde. Deux filles me tendent des assiettes à soupe faute d'avoir trouvé des verres ou parce qu'elles sont étudiantes en arts plastiques, je les adore, c'est le genre de personnes avec qui j'aimerais être ami. Le garçon me reconnaît enfin et commence à passer la main sous mon T-shirt en tentant de deviner mon prénom. On finit par s'entendre sur Nathanaël, même si la cuisine désapprouve de manière quasi unanime. Ça m'est complètement égal, j'ai la main dans son slip. À part son sexe, je ne comprends presque plus rien aux événements autour de moi. On se lève, il m'emmène au fond de l'appartement, nous faisons l'amour dans une chambre d'enfant la tête dans les peluches, avant de nous apercevoir de la présence d'un type écroulé dans le lit du haut. On rit, ça le réveille, il demande si on n'a pas une clope, on fume en discutant de notre station de métro préférée et Javier entre, il me cherchait partout. Je lui annonce pour le champagne à la cuisine, mais quand on arrive il n'y en a plus, il reste seulement des bières. Un bruit court sur des gens partis pour une mission alcool, vu l'heure, tout le monde doute de leurs chances de réussite. De toute manière il faut partir, on nous attend ailleurs. Le garçon au T-shirt Nirvana nous accompagne avec une copine à lui. Javier me trouve l'air complètement défoncé et visiblement ça lui plaît, il m'embrasse sur la joue au coin des lèvres. On glande une heure dans les escaliers pour une histoire de manteau, j'ai perdu le mien, puis je me souviens de l'avoir oublié à la soirée précédente. Un type me tend une bouteille de whisky dont la brûlure sèche m'empêche de parler pendant un moment, je regarde Javier et Nirvana, je voudrais faire l'amour avec les deux en même temps, ils sont magnifiques. Je ne sais pas si je tiendrai le coup devant tant de bonheur. J'ai envie de rire et de pleurer en même temps. J'ai l'impression de pouvoir voler. Une fille n'arrête pas de crier pour nous dire de parler moins fort à cause des voisins. Dans le taxi, je regarde par la fenêtre, incapable de comprendre où on est. Un moment, je crois reconnaître le pont de l'Alma, je me retourne pour parler de Diana, ils sont en train de chanter à s'en rompre les cordes vocales. Je me demande où est Javier, il nous rejoint à scooter, j'avais oublié, j'ai peur qu'il ait un accident. La fille avec nous est très belle, je pose la tête sur ses seins et elle me caresse les cheveux, je vais vomir. Heureusement on est arrivés. Personne n'a d'argent alors il faut aller tirer. Elle s'en charge et pendant ce temps on pisse dans la rue avec Nirvana, et je regarde son sexe. Notre étreinte c'était il y a une heure, c'est déjà du passé, comme mon premier baiser ou le jour de la mort de ma mère, une image dans un livre d'images. Je veux lui dire mais sa copine a payé le taxi et on monte à la fête. Les escaliers sont en marbre. Un type en col roulé noir nous ouvre avec un grand sourire, il est vieux, sobre, et dit : « Vous devez être les amis de Javier. » Il nous introduit dans un salon grand comme quatre fois mon appartement, avec des canapés d'angle et d'immenses vases en porcelaine, en disant : « Faites comme chez vous », ce qui en langage de quadragénaire veut dire « Surtout ne cassez rien ». « Voilà les anges déchus », dit Javier assis en tailleur dans un fauteuil Eames, les yeux brillants de malice, un verre de cognac à la main. Deux trentenaires musclés rient très fort à sa blague. On se fait un clin d'œil, je suis trop défoncé pour la moindre interaction, alors je file me ressaisir vers la bibliothèque en m'efforçant de marcher bien droit. Je fais semblant de regarder les livres, il y en a du sol au plafond, et pas *Le Monde de Sophie* ni *L'Alchimiste*, des vrais trucs d'intello. Le vieux en col roulé s'approche de moi avec du champagne dans une coupe très chic presque plate, il est très gentil mais il me regarde comme un médecin, ça m'angoisse, je lui dis, ça le fait rire, il me montre des livres et me demande si je les ai lus, je dis oui et parfois c'est vrai parfois c'est faux. Je lui demande si je peux visiter.

La Nuit imaginaire

Il m'emmène dans un couloir, j'entends ses amis rigoler, ils pensent que je suis une pute et ça m'excite même si j'aime pas les vieux, je lui dis, ça le fait rire aussi et il me répond : « J'espère que tu changeras d'avis », et je ne sais pas s'il dit ça pour ce soir ou pour la vie en général. Tout est magnifique chez lui, c'est un décor de film, je lui dis, il me demande le décor de quel film, alors on joue à trouver l'ambiance de chaque pièce, le bureau c'est Comencini, la chambre c'est Bergman et la salle de bains Almodóvar. Je suis sa personne préférée là tout de suite, je le vois bien. Dans une autre chambre il y a le garçon au T-shirt Nirvana et sa copine, « C'est la chambre Philippe Garrel », je dis pour tester sa culture. Il ne m'écoute pas, il est complètement fasciné par mon copain. Ils sont cinq ou six en train d'écouter de la techno planante en prenant de la drogue et je suis frustré de ne pas pouvoir être à la fois dans le salon avec Javier et ici avec eux, et en même temps continuer la visite avec col roulé. Tout va trop vite dans ma tête. Un garçon me tend un boîtier de CD avec deux lignes de cocaïne dessus, c'est *Mona Bone Jakon* de Cat Stevens et je trouve ça à la fois merveilleux et tragique de sniffer sur l'album de mes quinze ans. « Je crois que je vois la lumière », je dis. Personne n'a la référence, la copine de Nirvana me dit que je suis beau. Elle ajoute : « Dommage que tu sois pédé. » Les gens rient. Je quitte la pièce, sinon je vais tomber par terre. Je m'enferme dans la salle de bains pour m'asperger le visage d'eau froide. Ça fait un bien fou d'être seul cinq minutes. Je parle à mon reflet dans le miroir, étonné de découvrir mon visage si frais, surpris même tout simplement d'exister vraiment. Sur une étagère à côté du lavabo il y a au moins dix bouteilles de parfum, je les sens l'un après l'autre en me demandant si l'un des flacons pourrait tenir dans ma poche. C'est encore trop tôt pour voler des trucs. Je dégote une crème hydratante dans un placard, en fait c'est un contour des yeux, cela dit, à bien y réfléchir, tout le visage est autour des yeux, j'en étale sur mes joues et ça cogne à la porte, j'ouvre, c'est la copine très belle, elle se plante devant le miroir et remet du rouge en pinçant ses lèvres. Elle dit : « Tu sais, Jérémy il fait le mariole mais il est super sensible » et tout un tas de trucs de filles. Je ne sais pas du tout de qui elle parle et j'ai envie d'aller dans le salon essayer le Eames, alors je dis : « Toi aussi tu sais, t'es sacrément belle. » Je sors dans le couloir. En passant devant une chambre, je vois deux garçons en train de s'embrasser et je suis jaloux de leur intimité. Ils ont l'air de s'aimer sans avoir peur l'un de l'autre, c'est peut-être ça l'âge adulte. Dans le couloir, chaque porte ouvre sur un destin différent. J'arrive dans le salon où une nouvelle bande vient de faire son entrée, trois types de trente-cinq ans au moins, en bombers, avec une énergie très étrange. Javier s'en fiche, il est allongé sur la moquette en train de tourner les pages d'un livre de photos. Il ne lève même pas la tête pour les regarder, j'admire son flegme. J'aperçois le rectangle de son paquet de clopes dans la poche arrière de son jean, je me baisse et je glisse la main pour en attraper une. Il me sourit et

La Nuit imaginaire

l'image sous ses yeux c'est un type assis en tailleur sur un lit avec un pistolet. Je me relève et un des trentenaires de la nouvelle bande me tend un Zippo avec un air de défi. Il a de grands yeux bleus, le crâne dégarni et une moustache. J'avais oublié le goût du Zippo, c'est le goût du collège. Il a des yeux d'enfant fou, les mêmes que Mathieu Delko dont les parents venaient de Yougoslavie. Je fonce vers le Eames, j'ai envie de triper un peu tout seul, en plus la musique est formidable, c'est l'avantage des squats chez les vieux. Mon ivresse s'est stabilisée, l'urgence de mes désirs aussi. Je veux juste profiter de ma cigarette, du champagne et regarder les tableaux sur les murs. Il y a deux immenses toiles abstraites en face de moi, ça ressemble au carnet à côté du téléphone. Je me demande si l'une des deux est une représentation de mon esprit, et manifestement c'est celle de gauche, les gribouillis rouges, une multitude solitaire aux veines gorgées de sang. Alors qui est à droite ? J'ai envie de dire Javier. J'ai des flashs d'Élie en parasites et je n'ai pas du tout envie de penser à lui maintenant, finalement même à droite c'est glauque. Je fais pivoter le Eames pour échapper à cette vision et me retrouve face au canapé d'angle où trône le mec au Zippo, en plein egotrip, avec Javier et d'autres invités, la bouche ouverte pour mieux boire ses paroles. J'ai l'impression de l'avoir déjà entendu quelque part. Pas le son de sa voix, plutôt sa manière de parler. Il est très excité et toutes les cinq minutes il se colle une fiole contre une narine en aspirant de toutes ses forces. Il ne perd pas une miette des réactions de son auditoire, surtout Javier, je le vois bien. Javier l'excite, c'est normal il excite tout le monde et c'est ça qui m'excite. Par contre, il n'a même pas enlevé son bombers, ça m'insécurise, il peut à tout instant se lever et claquer la porte, en même temps ça me ferait des vacances. J'ai tellement hâte d'entendre Javier l'imiter et se moquer des Français et me dire : « Plus prétentieux c'est impossible, c'est argentin », comme lors de notre première soirée ensemble quand il m'avait annoncé : « Tu sais, tu ne m'impressionnes pas », alors que je venais de m'écrouler sur sa table basse en verre en allant aux toilettes, tellement j'étais ivre. Du coup j'avais été un peu surpris par cette capitulation inattendue. Javier semble complètement hypnotisé. Il ne cherche pas mon regard une seule fois. Je commence à être jaloux. Zippo nous promet un Grand Soir sous ecstasy, un Mai 68 des pédés et des gouines, mais Javier, à deux doigts d'inventer qu'il a passé son enfance dans le Chiapas à sauter sur les genoux du sous-commandant Marcos, est moins optimiste sur l'avenir des marges. Leur joute verbale m'ennuie. Col roulé lui a l'air ravi, ce moment de la soirée finira encadré dans sa mémoire. Ils le regarderont avec ses potes pendant des semaines en se disant : « C'était vraiment une super fête. » Même si le meilleur moment, en vrai, c'était juste avant quand tout le monde tripait en harmonie. On se serait cru un après-midi de Noël dans un chalet à la montagne, en version défoncée. Je me lève pour aller voir si mon amant est toujours dans la chambre, il est dans la baignoire avec sa copine, ils sont ultra contents de me voir, on dirait des personnages de dessin animé. « Vous êtes tout le temps à poil », je leur dis. Ils insistent pour que je les rejoigne. Lui il se lève pour me faire de la place, et son corps surgit de l'eau en éclaboussant toute la salle de bains. Il est tellement beau, ça me donne envie de pleurer. D'avoir fait l'amour avec lui c'est presque pire, ça ajoute à la cruauté du moment, parce que même le mirage de la possession n'y peut rien. Je ne peux pas rester avec eux, et je ne peux plus rester nulle part dans cet appart. L'instant de grâce est passé. J'ai juste envie d'être dans mon lit. Je dis : « Je reviens je vais chercher à boire. » Dans la cuisine je décide de partir sans dire au revoir à personne. Par chance, je n'ai même plus de manteau. Arrivé sur le trottoir, je prends cinq ou six grandes respirations pour nettoyer mes poumons de toute la fumée avalée cette nuit, des paroles, des pensées et des images. J'avance le nez au vent, il me faut au moins cinquante mètres pour me rendre compte de la présence de cet énorme dôme devant moi au bout de la rue. Il émerge au-dessus des immeubles, baigné de la lumière rose des premiers rayons. C'est le Panthéon. Je n'ai aucune idée de la manière dont j'ai atterri ici et j'essaye tant bien que mal de retracer le trajet de la soirée. C'est un signe des dieux, je ne vois pas d'autre explication, je ne peux plus m'empêcher de sourire. Je cherche sur ma peau l'odeur de Javier et du garçon au torse lumineux, j'ai l'impression de posséder de nouveaux pouvoirs. Ce soir, je me couche sans crainte. Au moment de m'endormir, par deux fois, mon rêve me ramène devant

Et je déchiffrais des caractères cunéiformes

l'immeuble de la fête dont je viens de rentrer, et je suis harassé à l'idée de devoir faire le trajet du retour. C'est un délice de reprendre corps dans le lit et de me pelotonner sous la couette, mais déjà le sommeil me rejoue le même tour, je me réveille en sursaut, jamais vraiment tout à fait sûr d'être arrivé chez moi.

Javier, la nuit dans la nuit.

C'est le temps avant le temps, l'exil des dimanches chez mon père. Je regarde *L'École des fans*, assis sur un coussin poussiéreux. Le petit Boris va chanter. On sonne à la porte. Valse des manteaux, des visages sombres et familiers. Les adultes s'enferment dans le bureau.

« Qu'est-ce que tu vas chanter, Boris ?

— On s'embrasse, on oublie tout.

— Oh bah si tu veux tiens. » Jacques Martin embrasse l'enfant sur la joue. « La note… »

Je traverse le couloir. La poignée du bureau est lourde. Retour devant la télé.

Boris pleure.

« Mais qu'est-ce qu'il y a ?

— Je pleure parce que je suis content.

— Tu pleures parce que tu es content ? »

Jacques Martin se retourne vers le public. Applaudissements.

« Viens, là. » Il prend l'enfant par la taille. « C'est vrai ? Tu es content d'être là ? Je vais te dire alors, tu vas pleurer davantage parce qu'il y a plein de jouets. Il faut pas pleurer quand on est heureux, il faut rigoler. Fais-moi voir comment tu rigoles ? Comment on fait pour rigoler ? Regarde, on fait comme ça. » Avec ses deux index Jacques Martin se tire les coins de la bouche.

« Pas comme ça.

— Comment on fait ?

— On rigole simple.

— Comment on fait pour rigoler simple ? Fais-moi un sourire pour voir. »

Boris sanglote, se frotte les yeux.

« T'es pas malheureux de chanter ? C'est parce que t'es content de chanter ? Ben alors chante. Tu veux que Frédéric François vienne à côté de toi ?

— Non.

— Tu veux chanter tout seul ?

— Oui. » Boris murmure quelque chose d'incompréhensible. « Maman.

— Tu veux aller voir maman ? Ben où elle est maman ? » Jacques Martin tend la main vers la mère. « Viens, eh ben viens. »

Plan sur la mère dans le public, elle se lève, avance vers la scène, le piano joue.

« Il pleure parce qu'il est heureux, mais il a besoin de vous, voilà. »

La mère se penche vers son fils : « On va chanter tous les deux, on est là pour chanter.

— Le frappez pas, hein.

— Nan, nan ! » Elle rit. « Je vais pas le frapper.

— Avec ta maman, tu chantes?
— On chante? Allez, on y va.
— Scène de famille touchante.» Applaudissements. «Va te mettre à côté, Frédéric.»

Frédéric François se lève, les rejoint: «Je vais vous aider.»

Ils chantent, l'enfant pleure de plus belle.

«Ben non, on va pas... Arrêtez. Eh, on va pas faire pleurer un enfant, hein. Arrête. Donnez un sucre au Boss.» On donne une part de gâteau à l'enfant. «Tu as tout ce qu'il te faut? T'es heureux?
— Oui.
— Fais-moi un sourire.»

L'enfant se retourne face caméra, gros plan, sourire radieux.

Mon père éteint la télé, un genou au sol. Maman est morte.

J'ai dormi pendant que tu mourais.

IV

Le soleil était une mauvaise plaie

La nuit parfois j'y pense, à sa nuit à elle. Elle marche, et moi avec, dans d'autres rues, une autre nuit, mais qu'est-ce que ça change ? Deux corps cheminent dans l'obscurité. Elle, vers sa destruction, sans personne pour la retenir. Et moi ? Je dormais du sommeil des enfants. Désormais je ne dors plus, je perds le compte de mes nuits hantées de désir. Le désir d'une seule nuit, enfouie sous la brume des silences. Ivre quand vient l'heure trouble où chacun de mes pas pourrait être un de ses pas à elle, j'ouvre la trame du temps, suffisamment lâche pour m'y glisser. Le calvaire de ma mère se matérialise au tambour de mes pieds sur le bitume. Elle vers la gare de Lyon, son terminus, et moi perdu dans la nuit infinie de ma jeunesse. C'est une danse de macchabée, genou levé, pied tordu, buste droit. Nous marchons côte à côte. Les gestes sont souverains, même à contretemps. J'avance, mon regard de Pinocchio pris dans les engrenages de la ville, alors que se joue par effraction dans mon crâne le film de sa dernière aube. Mais ensemble cette fois. Deux clandestins respirant l'un de l'autre. Dialogue fragile d'entre les fous, une mère et son fils rendus étrangers par la mort. La mort répétée de jour en jour, d'année en année. La mort devenue lien, langage, liturgie. Devenue mère. Où se retrouver sinon dans les gestes, dans le sacrifice. Et par le sien je veux dire le mien. Je suis assez grand maintenant. Je ne dormirai plus jamais.

Aucun homme n'est une île.

Si mes nuits ont l'amertume du gin, mes journées sont définitivement fumées au lapsang souchong. C'est un des signaux faibles de reconnaissance mutuelle entre les femmes de l'Autre Groupe et moi. « Du thé ? » « Oui, du lapsang si vous avez. » Moi j'apporte des lys pour les remercier de me recevoir, pour les embaumer. « Vous n'auriez pas pu me faire plus plaisir. » Je lève un sourcil surpris, mais je sais, j'ai un sens inné pour faire plaisir aux dames d'un certain âge. « Vous avez la même bouche », elle me regarde fixement, cherche en moi les ressemblances d'où surgiront les souvenirs. Quand a-t-elle vu ma mère pour la dernière fois ? J'offre mon visage avec toute la franchise dont je suis capable. C'est joyeux. L'eau siffle. Gloria se lève et s'engouffre dans un couloir. Est-ce que c'est grand ici ? J'aimerais visiter, je voudrais déjà connaître. Si elle n'était pas morte, je serais comme chez moi. J'aurais dit : « Bouge pas Gloria, j'y vais. » Je serais passé devant la rangée de photos sur la bibliothèque, sans regarder, sans prêter attention à la statuette de Shiva et à son soleil de phalanges. Au lieu de ça, mes yeux affamés gigotent aux quatre coins de la pièce. Je m'extirpe du fauteuil et je commence à fureter. Depuis combien de temps m'attend cette divinité aux mille paumes, nichée dans un immeuble avec vue sur le lion de la place Denfert-Rochereau ? En arrivant, j'ai fait la révérence au grand fauve et j'ai juré obéissance éternelle à sa crinière de bronze. S'il faut choisir un roi, ce sera lui, pour avoir veillé toutes ces années sur Gloria.

Gloria. Avec ce nom jailli des limbes, les souvenirs du temps d'avant. Zaltman, découvrant la photo, m'a dit : « Oui, c'est bien ça, nous étions à Mirabel chez Gloria. Tsycos passait son temps à nous photographier. » *Tsycos et Gloria*. La grande maison couverte de lierre, l'étang, les veillées aux flambeaux, la guitare, les chansons. Tout est revenu. Je m'étais assoupi sur les seins de Gloria, assommé par la chaleur et les bavardages autour de la grande table où les adultes invincibles buvaient et riaient. Ces images, où dormaient-elles ? Elles brillent, intactes de n'avoir pas été usées par ma mémoire.

J'entends le cliquetis des tasses en équilibre sur le plateau et je replonge dans le fauteuil, feignant l'aise parmi les bibelots. Gloria se penche pour servir le thé et j'observe le petit nuage de lait déployer ses volutes dans la tasse fumante. Rorschach liquide d'où émerge le masque brutal du deuil, bientôt rendu opaque par le brouet lacté. Elle se rassoit sur le sofa, me dévisage de nouveau avec douceur. Tout m'apaise en elle, sa tunique bleue brodée de fil blanc, ses boucles d'oreilles

Le soleil était une mauvaise plaie

en or dont les filaments frôlent ses épaules, sa peau tachée d'une vie à la lumière du soleil, sa respiration dont j'essaye de suivre les secousses et le rythme profond. On se regarde un moment, dans la tendresse. Elle me dit : « C'est un jeu de piste. Je sais que ce n'est pas agréable de penser comme ça, mais les morts laissent des énigmes irrésolues. Je vois que vous êtes ému. Buvez un peu de thé. » D'une main appliquée, elle avance la soucoupe vers moi. Le mouvement de son buste approche aussi l'odeur de ses seins, poudre, patchouli, roses fanées. « Avec votre mère nous aimions nous installer ici, face à face, nous pouvions parler pendant des heures. De nous, de la politique, des bonshommes qui nous enquiquinaient la vie. De vous aussi, nos enfants. Votre mère vous adorait, mais vous le savez, n'est-ce pas ? Quand nous sommes arrivés en France avec Tsycos, vos parents nous ont beaucoup aidés. Votre mère était très généreuse, très engagée. Votre père vous l'a dit ça, qu'elle était une grande militante ? » Elle me scrute au fond des yeux dans un silence doux, plumeux, confortable. « Tout à l'heure vous étiez pâle, j'ai eu peur, mais vous avez repris des couleurs. Le thé vous fait du bien, un réconfort. Parfois, on ne se doute pas, mais une simple boisson, quelque chose de chaud, ça vous enveloppe. » Elle boit une gorgée et j'observe la chaleur se diffuser dans ses veines. « Vous m'avez dit que vous aviez ? Vingt et un ans... Oui, je vois. Laissez-moi vous regarder encore. C'est comme si elle se tenait devant moi. Vous savez, elle n'était pas tellement plus âgée que vous quand nous nous sommes connues. Elle était si belle, et drôle, on riait de tout. Quand elle entrait dans la pièce, on faisait "Ah!". Après seulement, elle a été comme une pierre. Vous savez, c'est quelque chose que je vous redirai plus tard et vous m'en voudrez moins, mais quand j'ai su qu'elle avait fini par… Oui, quand nous avons appris, j'ai été soulagée pour elle, je me suis dit, elle ne souffrira plus.» Soulèvement de seins dans un soupir involontaire. «Vous me direz et alors la souffrance, mais les choses… nous étions si exaltées…» Elle se tait et ses yeux me font une caresse de soie. «Justement, l'Autre Groupe», silence de nouveau, mon cœur bat, «Comme Suzy a dû vous raconter, nous cherchions à ne pas sombrer dans la doxa maoïste et les mirages des organisations clandestines qui fascinaient certains d'entre nous. La fin des années 1970 a été difficile pour ceux qui croyaient au changement. Un retour de bâton d'une brutalité inouïe, et pas seulement de la part des autres». J'avale de petites gorgées de thé. L'accent de Gloria matelasse notre conversation, d'elle, je peux entendre. «Alors voilà, nous voulions préserver la chose par tous les moyens. Nous formions des collectifs pour continuer à discuter, à intervenir, à penser ensemble. Et invariablement il y avait des scissions. L'Autre Groupe, c'était la branche féministe issue de la scission d'un groupe que nous avions formé pour essayer de penser l'après avec les outils que nous avions, la psychanalyse, la sociologie, l'urbanisme, toutes ces choses qui nous semblaient essentielles mais polluées par la vision masculine. Il fallait remettre l'autre au centre de tout, d'où le nom. Tsycos, ça le rendait fou, il disait : "Comment vous voulez mettre l'autre au centre si vous excluez les hommes ?" Il trouvait tous les moyens de nous interrompre pendant nos réunions, un vrai gosse. Cela lui était impossible d'imaginer qu'on puisse réfléchir sans lui. Pourtant, nous on se souvenait bien que dans les manifs féministes, nos types restaient sur le trottoir. » Elle rit, je ne sais pas exactement pourquoi, mais je ris avec elle. « Dans mon pays, pour une chanson on vous emprisonnait à vie. On ne voulait pas de ce monde-là pour vous. Nous étions enragés, tous. Vous, les enfants, vous étiez notre bonheur, vous échappiez à cet écrasement. Je crois aussi que votre mère a voulu vous protéger. Certains d'entre nous n'ont pas su revenir. » Dans une autre pièce, un téléphone se met à sonner, plaintes stridentes espacées de silences brefs et douloureux. Gloria ne bouge pas. « Tsycos aimait énormément votre mère. Quand les choses sont allées très mal, après sa séparation avec votre père, nous avons fait ce voyage en Égypte, dont vous parliez tout à l'heure. Là-bas, elle a semblé aller mieux. Il y a eu cette complicité, immédiate, avec Ibrahim, comme des amis de toujours. Ils se promenaient le jour, la nuit, ils se passionnaient pour l'architecture, le métabolisme des villes, comme ils disaient. La joie de vivre d'Ibrahim lui redonnait des forces. Quelque chose pour elle a eu lieu là-bas. Elle disait : "La lumière ici me redonne de l'espoir." » Pendant un long moment nous nous taisons. J'ai peur en voulant l'avaler de m'étrangler avec ma salive, tant ma gorge est serrée. « Je dois avoir des albums, je fouillerai, mais tout est à Mirabel, je n'y vais presque plus. Toi tu as été là-bas, petit, tu te souviens ? Je te tutoie maintenant, c'est idiot après tout, je t'ai connu si petit, on riait ensemble. Tu te rappelles la maison ? Tu étais si sage et espiègle dans ton costume de Pierrot. » Elle cherche avec sa main un pendentif à son cou, repose un instant son index sur ses cordes vocales. « Après j'ai tiré un trait, ça a été une période noire, Estéban avait de grosses difficultés à l'école et Tsycos ne vivait que pour ses patients… ses patientes plutôt. Je n'ai même pas pu rentrer enterrer mon père. Je pensais parfois à toi mais je me disais c'est mieux peut-être de ne pas raviver les souvenirs. » Je regarde ses doigts entremêlés sur son ventre, sur l'étendue de bleu de sa tunique. Je suis très loin des choses. Il faut laisser rentrer le réel au compte-gouttes. De toutes petites fractions seulement, le temps d'assimiler. Le fil dans sa tunique fait des spirales blanches, très fines, très jolies. Cette histoire n'existe pas que dans ma tête, je le sais bien. Personne ne me parle jamais d'elle. Ou alors, par bribes, de force. Pourtant tout est vrai, tout est arrivé, je le sais. Face à cette femme restée sur la rive d'avant, n'ayant pas quitté le monde où ma mère a vécu, où elle est morte, je mesure l'étendue de ce qui a disparu avec elle. Une des spirales de la tunique de Gloria dessine un fleuve, la carte d'un territoire aux côtes escarpées, une île très au large. J'ai envie de dormir. Je pourrais sans doute faire une sieste dans la chambre d'Estéban. À quoi peut-il ressembler, l'enfant au front buté, depuis nos nuits tête-bêche ? Nous savons maintenant, Gloria et moi, qu'il faut passer à des choses plus légères. Parler du quartier, de mes études, des vacances. Elle a l'air heureuse, peut-être aussi surprise de me découvrir fonctionnel. J'ai l'impression qu'elle retrouve un jouet abandonné, oublié sous un lit. Alors elle tire la ficelle, incrédule, pour voir si malgré l'absence de soin, la négligence, le mécanisme fonctionne encore.

Le calme est le pire moment de la tempête.

Il est là. Entre Guibert et Lagarce. Bien sagement glissé sur l'étagère. Soixante pages, à peine une phalange, pour lesquelles il a fallu descendre la rue Gay-Lussac échevelé, des anses de sac plastique cisaillant la main entre le pouce et l'index, s'arrêter chez tous les bouquinistes pour parfaire le décor, «*La Nuit juste avant les forêts*? Non, vous ne l'avez pas? Ne vous embêtez pas je le trouverai ailleurs», maudissant soudain ce désordre que d'ordinaire j'aime tant, les piles de livres en gratte-ciel branlants, les bacs où d'une main leste j'ai jadis pioché un Dumas ou un Irving pour le nicher bien dodu sous la ceinture, par amour du vol. Je rendrais ici tous mes trésors pour cet auteur nocturne dont j'ai feint de connaître l'œuvre afin de ne pas menacer le fragile édifice de notre premier rendez-vous, avec Samuel, ce premier rendez-vous tant espéré, lorsqu'il m'a dit : «Et lui, lui aussi tu l'aimes?», et qu'il m'a paru essentiel de l'aimer avec lui, de tisser un lien encore, fil tendu de sa bouche à mon cœur, s'être baignés heureux dans les mêmes mots à défaut d'avoir

La Nuit imaginaire

vaincu ensemble les vagues de l'enfance. Ça n'avait pas suffi d'avoir fréquenté la même colonie, adolescents, lui au printemps, moi en été, notre dentiste dans son immeuble ou ses aïeuls et les miens à tu et à toi dans les rues de Thessalonique. Non, la vérité aussi avait été sacrifiée, petite offrande à son charme, vois comme ces mois d'attente m'ont rendu docile. Et lorsque enfin le petit volume a surgi, tremblant au bout des doigts du bouquiniste dont chaque ride semblait comblée de poussière grise, je l'ai jalousé, l'auteur solitaire, pour la complicité avec Samuel, les heures magnifiques de plénitude, sans besoin de rien d'autre que ses mots, et certainement pas de moi. J'ai quand même été reconnaissant de découvrir l'exemplaire abîmé, racorni, la couverture jaunie et les pages cassantes témoignant, en dépit des faits, d'un compagnonnage ancien avec le texte, aussitôt englouti dans le manteau. Car le temps presse, une heure à peine avant que d'un baiser il dépose son haleine sur ma joue, ouvrant le bal de l'amour d'un coup de sonnette magique, et tant de choses à fignoler pour parfaire le piège de l'appartement, petite plante carnivore au centre de laquelle je pose en appât sous l'œil compréhensif de mes ancêtres dont j'ai bien aligné toutes les photos sur le meuble de l'entrée afin qu'ensemble ils chuchotent au visiteur des louanges dont la saveur infuse jusqu'à la langue, gonflant mes étreintes de l'intensité d'une Europe à jamais sortilège. L'heure n'est pas encore aux manières de chat. Je me livre devant le miroir, à la hâte, aux dernières trivialités censées éloigner du corps la puanteur et la honte, à défaut d'en rectifier les lignes. Mes préparatifs doivent donner à mon allure, et à celle de l'appartement, le visage innocent de l'impréparation. Les écosystèmes empruntés comme les sourcils trop droits n'ont pas l'attrait de mon studio, où chaque meuble est veillé par l'âme d'un mort. Là, sous la table basse, campe un fauve, quatre lourdes pattes noires, un œil jaune, une canine éclatante, prêt à surgir en un gant de fourrure noire sur la proie trop vite attendrie par ce désordre de boudoir. Le livre jamais lu glissé dans la bibliothèque, me voilà débouchant des bouteilles dont je verse un tiers dans l'évier pour masquer l'excès d'attention accordée à mon hôte qui m'a fait choisir ce vin trop cher. Ce soir, même l'ivresse sera fardée. Toutes ces petites bassesses, ces manies cédées à la grâce pour son plaisir, il m'en sera comptable le moment venu, esclave lapant ses plaisirs à la source de mes envies. C'est le privilège des sorciers de manier la fange pour parler aux dieux. Nul ne me voit, si ce n'est la bête tapie dans la jungle de mon désir. Seul, je me vois mieux que jamais, quand l'absent me regarde, que l'attente devient un palais et qu'en son ciel m'observent tous les absents. Ne manque que la peau d'âne jetée sur mes épaules pour mieux sentir le poids de mes déesses qui, avant moi, en leur fumoir ont pétri le poison de l'amour. Rien ne bouge plus dans la pièce, pas un souffle pour témoigner de la course du temps. Je me tiens immobile pour ne pas déranger ma précieuse mise en scène. Plus rien ne saurait me divertir, sauf la sonnette, ce bourgeon d'étain au cri duquel il faudra ranimer la pupille, premier mouvement d'une danse virtuose de maladresse. Où est-il celui qui vient ? Le soleil brille sur ses cheveux, la rue fait battre son cœur, il n'a besoin que d'arriver pour être là et me tirer de la loge où j'apprends déjà à l'aimer. Le carillon tarde à me délivrer, forêt de ronces éphémères grouillant sous mes yeux, impossible pourtant de briser le corset de cette pose, ne serait-ce que pour lire ou juste m'allonger. Je ne voudrais pas être surpris par le sommeil. Je me tiens droit sur l'échafaudage de mes fantasmes, marmonnant des conversations dans un présent balayé de tout ce qui n'est pas lui. Instant chéri, à l'architecture sucrée, voué à fondre dans l'oubli de la rencontre.

Ta bouche, mes doigts, mes lèvres, ta voix.

Près de chez moi, il y a cet ange aux bras ouverts. Une mosaïque de pierres aux mille beiges maçonnée sur le mur d'un jardin d'enfants. Un plumage de cailloux couleur de ville, deux gros yeux gorgés d'amour et les ailes déployées pour vous étreindre. Si je rentre maintenant chez moi, il faudra affronter son regard. Cet oiseau, je le connais depuis toujours. Enfant, je récitais sur l'estrade : « Être ange c'est étrange dit l'ange », et sa silhouette venait à mon esprit. À l'heure du goûter, il se tenait, fidèle, sur le chemin de tout. Une porte ouverte vers la consolation. Chaperon des matins de grisaille buissonnière, bec attentif à mes errances adolescentes, veillant sur les ivresses et les baisers maladroits des premiers printemps. Il m'attend au bout de la rue Notre-Dame-des-Champs, sans hâte, jamais dupe de mes diversions, prêt à m'accueillir au petit matin, même quand je rentre du Hangar. Devant l'oiseau aussi, le temps coagule. Désormais, sa constance m'oppresse. Deux rues avant la mienne, je me demande s'il sera encore là. Qu'attend-il pour s'envoler à tire-d'aile ?

La Nuit imaginaire

Rien ne semble pouvoir le décourager. Moi, je dois sans cesse me boucher les oreilles, les deux mains bien serrées sur la tête, redessiner la carte du monde au gré des effondrements, imaginer sur le chemin de la Fnac ou dans la rue Monsieur-le-Prince les mares de sang et les corps en morceaux. Les bombes, les coups de matraque, les bombes, les massacres. Rythme quasi métronomique des éclats de violence au cœur de la paix imaginaire. L'histoire reprend son souffle. Toujours imaginer, partout, les tragédies passées, les trottoirs impeccables, et dans les égouts le sang jusqu'à la gorge. Après chaque déflagration, attendre le battement d'ailes qui annoncera le départ de l'ange déçu. Mais non, autour de l'oiseau, la vie suit son cours. Les enfants grandissent dans le sillage des parents affairés. Mes amis, eux, attendent le moment de prendre la relève et leur place dans ce bonheur de décalcomanie, tournant le dos à nos brillantes variations enfantines.

Aujourd'hui l'ombre de l'oiseau plane au-dessus de moi. Mona me pourchasse de textos auxquels je n'ai pas envie de répondre. Je n'aurais jamais dû coucher avec elle. Le lendemain de notre nuit, j'ai fui l'appartement avec un arrière-goût d'engueulade. À la bibliothèque, en pénitence, chaud, énervé, j'ai regardé les autres garçons avec commisération. Là où entre deux siestes, le visage au fer de mes bras, j'avais prié tout décembre pour un texto de Samuel. N'espérant rien de la journée, sinon qu'elle passe, mollement soutenu par l'érotisme tiède d'étudiants en médecine aux cernes violets. Je n'ai pas répondu à Mona, paralysé

Le soleil était une mauvaise plaie

par ma propre absence. Ce soir je voudrais me réfugier chez ses parents. Fumer des clopes en regardant *Le Dernier Métro* et dire d'une même voix : « Tu es belle, Elena, si belle que te regarder est une souffrance », et aussi : « Non, madame, pas les bijoux. Pas. Les. Bijoux », pour voir si tout est encore comme avant. Samuel ne me rappellera pas ce soir. Je n'ai pas le courage de me risquer chez moi, dans le mausolée des reliques, et il est bien trop tôt pour ma vie de petite frappe solitaire. Si au moins il était encore l'heure de se promener, d'acheter des babioles inutiles dans des boutiques surchauffées. Mais sur les trésors de l'ennui, les rideaux sont tirés. Direction rue Campagne-Première, le café avec le serveur aux faux airs de berger. Le désir m'obsède. Dans le métro, s'il est absent d'un wagon, je le quitte pour un autre. Le berger est là. J'entre sur la courbe de son dos torsadé de laine blanche d'où s'échappe une main lustrant sans conviction un percolateur rutilant. Il ne se retourne pas, absorbé tout entier par un jazz dont il recueille les notes tête penchée afin de mieux les faire glisser dans son oreille. Je m'installe au comptoir, manteau en boule sur le tabouret mitoyen. La tendresse de sa nuque, ses boucles luxuriantes, les épaules nichées sous la laine, me voilà tout en mains et en baisers imaginaires. Je me sens aimé par son indifférence. Le morceau terminé, le garçon se tourne vers moi, me sourit. Moi je ne fais rien, à part essayer de me tenir droit. Si je n'y prends pas garde, je ressemble à un vieux saule pleureur. Or je me fantasme en ligne pure, silhouette d'un seul trait de pinceau, celui de la lumière d'un néon en chute libre sur un blazer. J'échafaude des scénarios à sens unique, destination la petite remise derrière le bar, ou même pourquoi pas chez moi, sauf qu'il faudrait marcher et il n'y a rien à dire. Pour briser le silence, je commande un petit-chablis, pressé de sentir son entaille de roche sur ma langue, et avec elle l'envie soudain de tout et surtout d'une cigarette, la chaleur dans la gorge et la souplesse retrouvée sous les doigts. Après, je ne sais pas. Il y aura un deuxième et sans doute un troisième verre. Il faudra aligner le réel aux exigences de l'ivresse pour ne pas se cogner. Je cherche autour de moi, le décor m'indiffère, rien n'accroche, sinon le corps du garçon. Je vérifie une nouvelle fois mon téléphone. J'hésite malgré tout à appeler l'ami le plus proche, le plus probablement disponible. L'idée de ma voix me retient. Il faudrait chercher l'enthousiasme dans des intonations hors d'atteinte. Et puis je me fous de savoir comment vont mes amis. Aucun d'eux ne saurait me procurer le genre de compagnie dont j'ai envie ce soir. La course des doigts du garçon sur son téléphone chatouille mes oreilles, cinq fois la même touche pour attraper la bonne lettre, trente mots par minute. Une gorgée après l'autre, je laisse le chablis couler dans mes veines et hors de mes artères tisser sa toile cotonneuse. «C'est pour la maison», sourire de berger radieux, le serveur remplit mon verre et qu'importe la distance de sa bouche à la mienne, devant moi le vin exhale sa fraîcheur de bourgeon. Je me sens bien dans cette présence où rien ne pèse entre nous.

Le soleil était une mauvaise plaie

« T'entends ? » Il parle de la musique. Je n'y connais tellement rien que l'autre jour j'ai dit à un ami « Super le piano » en plein solo de guitare. Là, manifestement, c'est de la trompette, dans le doute je me contente d'opiner. De toute manière le berger a remis sa tête en position d'écoute, nuque à portée de mes dents. Il bat la mesure sur le zinc avec ses index et ses majeurs réunis en baguette. Apparemment, c'est un moment important. Ça tape à toute allure, dans les enceintes et dans sa poitrine. Il est tout rouge. Je me demande si c'est la même figure quand il jouit. Ça dure trop longtemps. Quand tout le monde est calmé, le berger m'explique : « Ce que tu viens d'entendre, gars, c'est Dieu en personne. » Il laisse passer un ange admiratif pour me donner le temps de bien assimiler la nouvelle. « Là, quand il joue, c'est Dieu qui joue à travers lui. » Deuxième ange bouleversé par la grâce. « Ce morceau, tu comprends, gars, c'est une des choses les plus importantes de l'histoire de l'humanité. » Je décroche doucement, mon esprit sur la pointe des pieds se retire dans ses appartements. « C'est Coltrane ? » je tente pour montrer ma bonne volonté. « Si tu veux, il me répond dans une moue. En fait, là, ça n'est plus personne, oui Coltrane si tu veux, bien sûr Coltrane, mais là c'est une transe, c'est l'humanité entière à genoux. » Il sourit d'un air pénétré. D'une voix douce, presque en chuchotant, il me raconte la prise unique ayant donné naissance au chef-d'œuvre, le quartet sur le point de se séparer, le gong, les riffs, les motifs, il me parle d'*overdub*, d'inquiétude et d'apaisement.

«*Acknowledgement*, gars», il me dit plusieurs fois, et j'acquiesce avec conviction. Ça a l'air de compter pour lui. Cette histoire, c'est le ciment d'une chose dans sa vie, elle tient ensemble des éléments morcelés de son existence. Il embrasse le bar du regard, dessinant le genre de cercle à l'intérieur duquel ont lieu les confidences. «Tiens, regarde», il relève sa manche et sous la laine blanche apparaît une série de chiffres tatouée le long de son bras: «40° 52' 57" N, 73° 57' 09" O», du poignet à l'intérieur du coude. Il attend, ravi de son effet. Moi je pense à sa peau, à Auschwitz, j'ai peur qu'il m'annonce que personne n'a jamais marché sur la Lune. Comme je ne réagis pas, il me dit: «Van Gelder Recording Studio, Englewood Cliffs, New Jersey, USA», avec son meilleur accent américain. «Les coordonnées géographiques du studio. C'est dans la banlieue de New York, c'est là qu'ils ont enregistré le 9 décembre 1964.» J'hésite à lui demander pourquoi les coordonnées géographiques plutôt que la date, ça aurait été plus discret. Il remet sa manche en place et la musique en route. Dieu s'agite sur la batterie avec rage, tonnent la trompette et le piano. C'est l'apocalypse dans mes oreilles, une suffocation par le bruit. Il voulait ça, je me dis, m'emmener ici avec lui, dans le chaos de ses pensées. Il a l'air calme pourtant, silencieux de nouveau, massant le percolateur d'un torchon serein. J'aimerais savoir quelles sont les coordonnées géographiques de la mort de ma mère, s'il existe un code exact de ce moment, une formule me permettant de m'y rendre d'un seul chant. Peut-être que j'aurais dû aller chez Mona. Si seulement je savais faire la paix. Je lève la tête, le garçon sourit à son téléphone en envoyant des messages. J'imagine une amoureuse, la Toscane, des corps nus dans la poussière d'une grange l'été. Elle, heureuse de son catéchisme de musicien. Le moment est passé, cette tension de nos deux présences, c'est fini. Je pose un billet sur le zinc et sors dans la nuit. Le boulevard m'attend, façades dociles, offrant par la vitrine des fenêtres, dans un bain de lumière chaude, une vision fugace, le crépuscule confortable des familles du quartier. Petites fictions en cube, les unes à côté des autres, séparées par une once de plâtre et les mille lieues de l'indifférence. J'efface les lourdes pierres de taille des immeubles, désagrège le mobilier cossu, pour ne garder que les corps en suspens, les uns au-dessus des autres, côte à côte, recroquevillés sur eux-mêmes, petits fœtus myopes et fragiles flottant au creux de leur existence. Je les aime ainsi, déshabillés du velours de la vie quotidienne. Seulement alors, tel l'ange au coin de la rue, je peux ouvrir mes bras et supporter le poids de leurs souffrances.

Elle rit. Avec un autre et ça la rend désirable. Me revient l'idée de l'amitié, son goût de berlingot. L'insolence de son charisme. Elle se tient debout, autrement elle ne peut pas avec sa robe, la main appuyée sur la table derrière elle, retournée en une manière de danseuse. J'aime mieux les gens de loin. À l'appartement, en gros plan, j'oublie l'idée générale de Mona, l'allure folle, imposant aux volumes une géométrie intense dont elle est le centre. Je retrouve les premières sensations de notre rencontre au lycée, quand vivre c'était vivre à la lumière de son regard d'opiomane, embroché d'en dessous par la paupière toujours un peu close, l'œil un peu las, le cerne sombre, mais droit, fixe, précis. Compter parmi les chanceux admis dans la confidence de sa voix basse, fêlée, jouant de toutes les cavités, gorge, nez, bouche, pour faire de la parole une expérience érotique. Mona donne l'impression de se débattre avec un fruit trop juteux, sensuelle à la limite du supportable. C'est son anniversaire, ce soir elle s'offre à tout le monde. Les anciens du lycée

– ceux qui m'aiment bien – et les nouveaux de Sciences Po – ceux qui m'aiment moins – sont arrivés par petites grappes, charriant leur nuage de connaissances, d'amis plus ou moins proches, attirés par l'alléchante promesse d'une soirée dans l'atelier d'artiste de son père, à Montrouge, où toutes les maisons ressemblent à celle de Landru ou de Céline. Je bois, installé dans le fauteuil cubique en cuir noir cerclé de fer. Un gin tonic. Une gorgée pour l'angoisse, une gorgée pour le tournis. Je ne suis pas pressé, je connais la mécanique des fêtes. Tout est doux, Mona touche les cheveux de Thibaut, une bande de garçons braillards allume un feu dans le jardin, les nouveaux font le tour du propriétaire, mains dans le dos, intimidés par les sculptures du père de Mona. La ballade d'un chanteur de folk mort d'une overdose éveille en chacun l'excitation mélancolique des débuts de soirée. J'attends tranquillement celui qui viendra en premier s'asseoir à mes côtés dans le fauteuil jumeau, interrompant d'une phrase cinglante le fil de mes pensées. On parlera, surtout moi, jusqu'au moment où la soif m'incitera à me lever, constatant le vertige encore présent. Je jetterai un œil à ma montre en faisant couler le tonic dans un verre en cristal, parce que les gobelets en plastique c'est bon pour les autres, et il sera étonnamment tôt. J'imaginerai passer la soirée à vaquer l'air distant dans les éthers de gin, comme dans mes films préférés, mais l'instant d'après, l'instant collé au précédent, il sera quatre heures du matin, je dirai pour la treizième fois consécutive, porté par une vague d'énergie puissante :

Le soleil était une mauvaise plaie

« Nan mais tu te rends compte ça fait neuf heures qu'on boit », je serai heureux, soulagé d'en avoir au moins trois encore devant moi, trois heures sur la terre ferme, jusqu'au petit matin. Dans le fauteuil jumeau c'est Armand, il s'affale en travers, les pieds par-dessus l'accoudoir. Ce talent d'Armand pour les positions confortables. Il glisse la main dans mes cheveux fraîchement tondus à trois millimètres. C'est agréable pour nous deux. Il m'appelle beau gosse. « Dis donc, beau gosse, tu sais qu'à L'Écritoire y a un avis de recherche à ton nom ? Sécher les cours, je comprends, mais sécher le café, c'est tendu quand même. » Je réponds n'importe quoi, ravi de faire partie de ceux dont on note l'absence. Armand semble heureux en ce moment, ce qui me fait soupçonner qu'il est gravement dépressif. Il me raconte sa nouvelle technique pour voler des livres chez Gibert et je me demande s'il est l'auteur du graffiti « moche mais beau corps » dans les toilettes de la Sorbonne, vers l'amphi Michelet. Des yeux, nous suivons la conversation de Mona et Thibaut. Thibaut, je l'ai aimé au lycée dans une solitude totale, et il n'en a rien su. Un jour au tout début de la seconde, lui et Mona ont fait irruption après l'heure du déjeuner, hirsutes, en retard, elle vêtue autrement que dans la matinée, lui les cheveux mouillés, au milieu du cours de français où la prof nous parlait de Marilyn Monroe en prononçant Mon-roé. Ils étaient radieux, j'avais l'impression de sentir le savon sur leur peau depuis ma chaise. Cette douche prise à deux m'a hanté. Thibaut, nu à jamais, faisant l'amour l'après-midi à quinze ans entre deux cours. Après ça, j'ai été son chien. Pendant un an, son corps n'a plus quitté mon champ de vision. J'ai vécu pour lui, dans la vénération de ses cheveux mouillés. Un matin il est arrivé, nouvelle coupe, c'était fini. Pas Mona, approchée pour l'approcher lui. De cette douche est née notre amitié. Quant à Armand, je ne connais pas l'événement par lequel il s'est mis à l'aimer, Mona. Peut-être cette pièce, *L'Éveil du printemps*, jouée dans la cour du Jardinet à la fin de la première, lui en Moritz, elle en Wendla, au premier frisson d'une nouvelle ère pour nous quatre. Sécher les cours pour aller lire à La Palette, sécher les cours pour aller au cinéma, sécher les cours pour aller dans les musées, à deux, à quatre, en bande. Les pesanteurs de l'enfance, cet enfoncement en soi pour étouffer les cruautés du collège, Mona m'a redonné un corps. Elle m'a réveillé. Le jour du bac, je m'en souviens, le bus longeait les grilles du Luxembourg, j'allais vers eux, chez elle, ma peau scintillait, feuillage argenté dans la lumière de juin, captant tout des sensations du dehors, le goût de pierre fraîche des façades, l'odeur d'ozone et sous mes paumes la tôle tiède des capots ronronnant au feu rouge. Tout me revient là, dans l'addition de nos regards, Armand, Thibaut, Mona et moi. Je ne sais plus rien de ma colère, de mes griefs. Je suis peut-être un peu fou. Armand me parle d'une tache dans sa bouche, il a peur d'avoir attrapé le sida. La main de Mona est posée sur l'avant-bras de Thibaut. Je lui dis : « On n'attrape pas les filles avec le sida », on rit de mon lapsus, on se lève, je demande à Mona si on ne boirait pas un peu de champagne, notre premier échange de la soirée. Il y a de la peur dans ses yeux. Thibaut et Armand s'en vont chercher une bouteille et je me sens idiot, elle c'est une femme, moi un nourrisson, alors je dis : « T'es belle », et du tac au tac, elle me répond : « T'es con », vaincue par un sourire. Sous la glace, brisée, un désir. Les garçons reviennent avec plusieurs bouteilles et Paméla l'amie gothique rentière de Mona. Elle, je ne sais pas du tout comment l'aborder, le signal est brouillé, mais j'apprécie le déguisement. Mona nous dit qu'Olivier va venir. « Je vous préviens, Olivier va venir. » Paméla lève les yeux au ciel, « T'en as pas marre des connards. » Elle jette un regard involontaire vers moi, tout le monde est gêné. Je sens que ce mot appliqué à ma personne pourrait me faire bander. « Olivier, c'est pas le mec qui », commence Armand. « Si, le coupe Mona. Mais ce soir on n'est pas là pour donner des bons points, c'est mon anniversaire, je veux danser. » Thibaut râle qu'il est déçu, qu'il espérait vraiment qu'on lui donnerait un bon point : « Ah mince, j'espérais carrément un bon point, moi. » Elle l'entraîne d'une main vers le jardin. On traverse la pièce tous les cinq, je nous vois avancer dans la baie vitrée et je n'en reviens pas de mon reflet, à quel point je suis crédible dans mon existence. De l'autre côté de la vitre, les autres s'égayent sous un nuage de cigarette, agglutinés autour d'un feu crépitant dans la pagaille des ombres projetées. On verse du champagne au hasard de la forêt de gobelets tendus, des voix s'élèvent pour chanter faux, le visage de Mona est assorti à sa robe, elle est heureuse, elle le dit: «Je suis très heureuse.» Ses cheveux épais, brillants, coulent sur sa gorge où scintille la pépite dorée d'un pendentif. Le froid l'indiffère, elle étire ses bras nus, échappés de la robe serrée au buste, ample partout ailleurs, sanguine. Des lèvres elle effleure les joues amies, mains jointes derrière leur cou. Ses yeux ne lâchent pas ceux de Thibaut. À moi, pas un regard, pas un baiser. Je me sais irregardable, inembrassable. Un type s'approche d'elle, un camarade de Sciences Po, saoul, cheveux longs et gras, lunettes de curé, pas beau si ce n'est une bouche sublime dont il ne sait rien. Il dit: «Je me souviendrai de toi toute ma vie», et écrase sa cigarette sur le revers de sa main. Mona pousse un cri, lui déjà parle d'autre chose. Tout le monde danse. Je m'éloigne. J'observe. Je ne sais pas faire ça avec mon corps. Prendre la pose, je sais. Marcher, je sais. Danser, non. Thibaut non plus, mais il s'en fiche. Armand est magnifique d'élasticité. Mona tire les ficelles. Elle danse pour se mêler aux autres, pour colorer de rouge la piste du jardin. Je suis bien. J'ai déjà envie de partir, d'aller retrouver Javier. Tout est tellement gentil ici. Les invités, la palissade, les meubles de jardin en fer forgé constellés de trous en forme de larme, les lampions multicolores, l'arbre aux branches nues, l'atelier richement boisé. Les œuvres, seules, font exception. Les œuvres du père de Mona sont antipathiques. Je déteste ce que cet homme impose à la matière. L'assagissement de la nature, l'écorce usinée en produit d'exposition. Mona sait la menace du père, l'avertissement porté par ces grandes structures dont toute sauvagerie a été poncée à fleur afin de glisser sous la pulpe. C'est lui que je hais parfois en elle. Quand je perçois dans nos impasses, ces corridors lisses où nous perdons le fil de la compréhension, des évidences paternelles. Des phrases si bien bardées de certitudes que l'intelligence de Mona refuse de s'y accrocher. Le sourire narquois indique l'ouverture d'un dialogue entre elle et lui, une allégeance. Le livre du libraire : « Pas de la littérature » ; l'Égypte : « Ne se visite qu'au Louvre » ; le vin : « Côterôtie ». Inutile d'argumenter, ce n'est pas une conversation entre nous. C'est la bible misérable de l'amour paternel. « Tu vas pas déjà partir ? » Mona se tient à côté de moi, ses seins essoufflés d'avoir dansé. « Avant de t'avoir vue embrasser Thibaut, ce serait dommage », je dis, affligé par ma propre bêtise. Elle mange sa lèvre inférieure. Je la vois hésiter entre l'ivresse et moi. « Tu te rappelles, à Vienne, ce tableau, *Les Ermites* ? » Puis, sans attendre : « Schiele enlacé par un homme derrière lui, la tête sur son épaule, comme s'il s'agissait du manteau lui-même. Peut-être Klimt ou la mort. » Cette manière de monologuer, en détachant bien les mots, l'actrice en Mona. Une foi inébranlable en sa voix. Elle fait le geste du manteau, les yeux écarquillés, presque imperceptible, visible uniquement en plan serré. Mona regarde devant elle, pas les gens autour du feu, non, Vienne. « Autour d'eux, tu te souviens, c'est la désolation. Tu disais les draps sales de la mort. » « Oui je me souviens », je dis pour scander. « Et par terre, la boue, un charnier. » « Et une rose », j'ajoute. Je me souviens parfaitement. Vienne en hiver pour mes dix-neuf ans, les cafés où boire du chocolat donnait l'impression de sentir battre le cœur de ma grand-mère dans ma poitrine. J'appelais Mona «Mounia» et je jouais à être l'inventeur d'une psychanalyse alternative basée sur l'ingestion massive de schnaps. «Tu disais que tu voulais vivre dans ses tableaux.» «Faux, je voulais juste y faire l'amour.» «En ce moment, c'est comme ça que je t'imagine, avec ton ami Javier glissé en démon derrière toi.» «Ah oui? Moi je t'imagine en Liberté guidant le peuple vers la plus crasseuse des auberges de Montparnasse.» Elle me regarde, elle est heureuse ce soir, elle me donne un petit coup de poing sur l'épaule, «Je sais que tu traverses une période compliquée et tout, mais fais attention aux habits que tu portes, ça peut déteindre sur ton humeur.» «Et ton amie Pam, on en parle? Et tes copains de droite de Sciences Po? Et ta robe couleur baise-moi-Thibaut, elle risque pas de déteindre sur notre amitié?» Je ne dis rien, évidemment. On se tient côte à côte et on regarde devant nous, avec le reflet des flammes dans nos pupilles. Je repense à ce déguisement de Pierrot porté enfant à Mirabel. Je l'avais eu pour une dent de lait. Dès que je l'avais enfilé, je m'étais senti envahi par quelque chose de sombre, une humeur plus vieille que moi. Ce déguisement n'a pas survécu à la mort de ma mère. C'est comme s'il l'avait devancée. Mona m'a bien eu. J'ai envie de lui demander si elle a tout préparé à l'avance, le feu, Schiele. «C'est vrai qu'on a été heureux à Vienne», je dis. On s'assoit tous les deux sur une

Le soleil était une mauvaise plaie

chaise de jardin. Avec sa robe je ne sais pas comment elle fait pour respirer et j'ai peur d'un embrasement si une étincelle venait à nous frôler. Je lui tends ma cigarette, on la fume en silence, et à chaque bouffée le bout rouge est plus incandescent, plus chaud et volumineux. Je crois qu'elle attend un mot de moi. Sincère si possible. Elle souffle sa fumée décuplée par le froid, me dévisage sous sa frange, bouche rouge fermée à toute négociation. Je n'ai plus ni tournis ni angoisse. La nuit peut commencer.

V

Mes yeux éclairaient des voies anciennes

Je suis passé chez Armand. Sa chambre de bonne est nichée au-dessus de mon cinéma préféré. Le film en moi encore chaud faisait une douleur à l'endroit du désir. Parfois, je monte partager avec lui l'extase volatile des images inhalées dans la salle, la rétine brouillée par la fiction. Je l'ai trouvé au lit, stores tirés sur les chiens-assis, l'air maussade. «Mauvaise nuit», a-t-il lâché en s'allumant une clope. J'ai regardé ma montre, dix-sept heures. Quel flic je fais. J'ai voulu préparer un café mais l'espace minuscule dévolu à la cuisine était jonché de détritus mousseux de moisissure. Je lui ai demandé si sa mère avait jeté l'éponge. «C'est le cas de le dire, a répondu Armand, et elle va bientôt me renier en apprenant que j'arrête médecine.» Ne sachant plus si nous en avions déjà discuté, j'ai rétorqué : «Je comptais sur toi pour mes futures prescriptions de benzodiazépine.» Je n'imagine pas traverser l'âge adulte sans anxiolytiques. J'ai beaucoup d'admiration pour les vieux, moi à leur place si j'avais quarante ans, je me tiendrais la tête à deux mains en hurlant dans la rue.

La Nuit imaginaire

En fait, je ne les admire pas, je les plains, surtout ceux du Hangar avec leur regard râpeux et humide comme une vieille langue de chien. Armand m'a dit de laisser tomber le café et d'attraper la bouteille de blanc dans le frigo. Il s'est redressé, en tailleur sur son lit, et a commencé à rouler un joint, torse nu, son sexe visible par l'entrebâillement du caleçon. Le frigo a répandu une odeur rance de glaçons, qui s'est mélangée au cocktail de cendres froides, de sauce recuite au micro-ondes et de peau trop longtemps macérée entre les draps. J'ai ouvert les lucarnes. Armand a grogné à cause de la lumière. Ses narines ont frémi de joie à la première nappe d'air frais. J'ai ausculté sa bibliothèque, elle avait toujours le cœur à droite, Drieu, Barrès, Giono, Céline, Rebatet. Avec mon pouce, j'ai fait défiler les pages du *Feu follet* à la manière d'un folioscope pour en faire jaillir les effluves de gâteau poussiéreux. Je n'avais toujours pas enlevé mon manteau. Armand lui était quasi nu et ce décalage m'agaçait. M'est venue l'envie de secouer mon ami. Cheveux dans les yeux, il inspectait une tache de soleil brune sur son avant-bras. Je lui ai pris le joint des mains et je me suis allongé sur le bord du lit, les pieds au sol, mon manteau refermé sur mon torse en guise de couverture. Je fumais en regardant le ciel de sa chambre, ce plafond où il projetait ses théories avant de nous les livrer, hirsute, au café de la Sorbonne entre deux bières l'après-midi. Sa piaule était dégueulasse, mais d'un confort indéniable. Une carapace moite à l'abri du monde. Tout était à portée de la main, à commencer par des mouchoirs dont le destin jonchait le sol en tomettes, parmi les emballages de barres chocolatées, un tapis de magazines divers, *Zurban*, *Nova*, *Fluide*, mais aussi la *Revue des Deux Mondes*, et de boîtiers de CD. Un Bic accroché à une ficelle pendait au-dessus de l'endroit où le corps d'Armand avait creusé le matelas. Profitant qu'il s'était levé pour aller pisser dans l'évier, je m'y suis installé, ôtant mes baskets d'un frottement de pieds l'un contre l'autre. Après tout, entre mon manteau et les draps, la différence de crasse n'était pas flagrante. Blotti ainsi dans son sarcophage, j'ai tenté d'apercevoir dans la somme de ses négligences les petites prouesses d'un art de vivre pour moi inaccessible. Moi qui n'ai jamais manqué de me laver les dents, même dans la plus profonde ivresse. Moi qui à l'étranger achète les journaux chaque jour, de peur de provoquer un drame si j'en néglige la lecture. Moi et mon lit refait tous les matins, mes oreillers battus, ma vaisselle impeccable et mes livres rangés en ordre alphabétique. Après s'être rincé la bouche au chardonnay, Armand s'est rallongé, la tête posée sur mon ventre. J'ai eu envie de lui caresser les cheveux. Le long de la sous-pente bordant le lit, côté droit, était épinglée une série de dessins d'organes et de croquis rendant compte de la complexité des viscères, tirés de ses manuels d'«anapath». Un cœur ouvert dont surgissait une carotide en forme d'hippocampe, un rachis aux mille vertèbres rampant dans le vide, le système racinaire d'un poumon tranché dans la longueur. Tous percés aux quatre coins de fines épingles à l'extrémité triangulaire, fichées dans la couenne des papiers peints successifs. M'ayant suffisamment laissé m'imprégner de son petit musée des horreurs, Armand m'a désigné du doigt la coupe transversale d'un cerveau aux couleurs criardes. «T'as vu ça?» Le nid de couleuvres des méninges dormait en fœtus autour d'un pommeau jaune dont la canne plongeait en roseau dans la colonne vertébrale. Ce centre était composé de plusieurs glandes dont l'une faisait l'objet d'un croquis en gros plan minutieusement crayonné et légendé. «C'est l'hypothalamus, m'a indiqué Armand. Le grand chaudron à hormones du corps humain. C'est lui qui régule ta température, qui te prévient si tu as soif, sommeil, qui régit ton humeur. Tout ça, en dehors de ta volonté.» «Flippant», j'ai dit pour l'encourager à continuer. «Si on veut. En tout cas, il est composé de plusieurs noyaux : le dorsal, le dorsomédial, le ventromédial, le paraventriculaire… Bref, tous ces noms à la con pour lesquels je suis censé passer ma vie à réviser à la bibliothèque pendant que vous glissez sur le foutre à la Sorbonne.» «Si seulement», j'ai soupiré. «Regarde le dessin, là, les noyaux sont agglutinés les uns sur les autres, on dirait des pierres précieuses, orange, verts, roses, mauves… Mais je sais bien que dans la réalité ils sont gris, j'en ai assez disséqué.» «Beurk», j'ai soufflé pour dissiper la vision d'Armand en blouse, scalpel planté dans le cerveau du cadavre de ma mère. «À force de m'esquinter les yeux sur ce dessin à la con, je suis devenu fou. Maintenant, partout, dans la rue, à la bibli, au bar, j'imagine un petit sac de pierres précieuses au milieu de la tête des gens, leur trésor. Cette fille, la fille du Sorbon, je me dis, C'est sûr, elle, elle est quatre-vingt-dix pour cent émeraudes. Cécile : rubis, rubis, saphir. Tu vois le délire ? Ça m'obsède. » « Mais ça dit quoi des gens ? » j'ai demandé. Il n'a rien répondu. Je sentais sa tête peser sur mon ventre et j'essayais de visualiser, au centre, son petit trésor de pierres multicolores, inquiet de n'y déceler aucune couleur. « Tu penses que Mona a terminé la nuit avec Thibaut après la fête ? » il m'a demandé avec une voix de petit garçon fiévreux. « Sûrement pas », j'ai dit, et j'étais plutôt bien informé : cette nuit-là, Mona et moi l'avions terminée dans mon lit, au lever du jour, à faire l'amour, histoire de remettre un peu de désordre dans nos relations. Je sentais le poids de la tristesse d'Armand et l'élastique de son angoisse prêt à claquer dans son thorax. Il a pleuré, je crois. Il m'a semblé plus amical de ne rien en dire, de ne pas donner à son corps assoiffé d'amour une caresse de pitié. Le vent avait tourné et du fatras d'Armand je voyais seulement la détresse. La saleté dont même sa mère ne voulait plus, les désirs faisandés dans la poussière, le temps stratifié par la peur. « Viens, je t'emmène aux putes », j'ai dit en me relevant avec une énergie théâtrale. Les putes, sans raison particulière, c'est le magasin de CD de la rue de l'École-de-Médecine. Des écouteurs sur les oreilles, j'en étais sûr, Armand retrouverait son sourire d'automate. Déjà avec un T-shirt propre et sa pelisse de laine, il avait meilleure mine, et dans la rue je me suis reproché de ne pas le voir plus souvent. Nous avons écouté Coltrane, puis Miles Davis, puis Björk et les White

Stripes, et il a été l'heure de boire. « Tu fais quoi en fait en ce moment ? » m'a demandé Armand, un sourcil levé, en tenant sa pinte de bière à deux mains. Sa question m'a pris de court. Personne, même pas Mona, ne demande ce genre de chose. Nous disons toujours tous : « Ça va », sans trop chercher à connaître les frontières de ce territoire écrasé par les ombres. « Ça va ? », « Ça va. » Ou même « Ça-va-ça-va ». Une chevauchée dans la brume. Chercher la réponse dans l'œil de celui qui s'en inquiète. Le pire, c'est la main posée sur l'avant-bras, le front plissé par la compassion, tête penchée en avant, « Ça va, toi ? », l'air incrédule venant cureter les entrailles pour mettre l'humeur au microscope. Par égard pour moi-même, je ne me demande jamais comment je vais. J'y vais en cachette. La question d'Armand était encore plus vertigineuse. « Tu fais quoi en fait ? » Flagrant délit de petit jeu, règne des paravents, eaux troubles et pompe à brouillard, voilà pourquoi je préfère la camaraderie à la meilleure amitié, je n'ai pas envie de pointer. « En fait, je projette de dynamiter Paris par les égouts, j'ai répondu. Chaque nuit, je parcours des kilomètres de souterrains avec ma lampe frontale et mon sac rempli de bâtons de nitroglycérine, Kléber, Passy, Réaumur, Montsouris, Saint-Jacques, c'est interminable. Si tu veux m'aider, tu ne seras pas de trop. » Armand a souri, agrippé à sa pinte. « Et toi ? j'ai dit. Quoi de neuf ? » Il a ri et j'ai vu les pierres se rallumer un peu dans son cerveau.

Par où commence le suicide ?

En sortant du bar, j'ai marché vers la gare, c'est aussi simple que ça. Dès les premiers pas, j'ai su. J'allais rejoindre ma mère. Le boulevard Saint-Michel engoncé dans la nuit, le froid et l'indifférence déroulait ses trottoirs fastidieux. La route se refermait sur moi, les immeubles plongeaient sur mes pas, entraînant tout le réel dans leur chute. Les passants, à peine croisés, disparaissaient dans le néant et avec eux tout ce qui me faisait dos, les souvenirs, les amis, les objets. Au début, cela m'a fait peur, j'ai hésité à me retourner, juste une œillade pour ressusciter le Luxembourg, ses cent six statues, la fontaine Médicis et le baiser sur la bouche de Fanny dans la cabane du gardien en sixième. Déjà sombraient le Panthéon, les cafés, les fast-foods de la rue Soufflot, la fac. Le monde m'a paru plus calme, moins présomptueux. Une rue après l'autre, les perpendiculaires de mon enfance s'émiettaient au vent, je n'avais qu'à les dépasser. Arrivé au carrefour Port-Royal, j'ai tourné à gauche et j'ai réalisé en allégeant ainsi le ciel des cinquante-neuf étages de la tour

Montparnasse que je n'avais pas seulement gommé le quartier, ni même la rive, mais tout ce qui faisait matière bien au-delà des terres connues de moi. L'infini des galaxies s'était contracté en ce rien dont j'étais devenu la frontière. Ce sentiment de puissance rendait mes pas plus sûrs et ma destination inévitable. Me dirigeant vers les Gobelins, j'ai été soulagé. J'ai souri à l'idée de mettre fin à la phlébite de ces boulevards au tracé grossier. Tant pis si vivait là une vieille amie de la famille et finalement tant mieux car ses baisers piquaient les joues. J'ai accéléré le pas pour en finir, engloutissant en quelques enjambées les écrasantes verrues du Val-de-Grâce et de l'hôpital Cochin. J'étais dans une fièvre de destruction, persuadé de délivrer les badauds du fardeau de leur existence. Je voyais sous les enseignes le poids superflu des ennuis causés par le commerce vain, les discussions sur le temps, l'enchaînement des inutilités, les vies se succédant dans l'anxiété et le dénuement. Ivre de dévastation, je sentais gronder en moi un feu nourri de pierres et devinais, sous leur masque détaché, le rictus de collabo des Parisiens affairés à ne pas se suicider pour délivrer le monde de leur banalité. J'ai regretté de ne pas avoir mon discman, j'aurais pu écouter quelque chose de grand, Bach, Haendel ou la BO de *La Double Vie de Véronique*. Le souvenir de Véronique de s'être vue, le regard penché par la fenêtre, a éteint la rage en moi, et le monde a cessé de disparaître derrière mon dos. Pourquoi elle, à cet instant ? L'autre jour, j'avais allumé un cierge à Notre-Dame, sa flamme se débattait fragile dans l'humide avant d'être soufflée par la course d'un enfant aux talons de son frère. Il est impossible de haïr du Panthéon à la Pitié-Salpêtrière sans jamais s'attendrir. J'ai vu, marchant vers moi de l'autre côté du boulevard, un garçon dont il m'a semblé idiot de transformer la silhouette en poussière d'étoile. Accroché des deux mains aux lanières de son sac à dos, il ruminait des pensées pleines d'avenir. Et si je le suivais, lui, plutôt que ma mère ? J'ai ralenti le pas, à l'affût d'un regard. Ses yeux n'ont pas quitté le sol. Lui n'était pas du genre à se laisser distraire sur le chemin de son destin. Moi, je courais comme toujours sur plusieurs chevaux le risque du nulle part. J'ai beau savoir qu'il faut avancer en ligne droite pour échapper à la forêt, je ne peux m'empêcher de bifurquer à la première distraction. Le garçon ne m'a pas regardé, je sifflais le *Concerto en mi mineur* de *La Double Vie de Véronique*, ravi de rejoindre ma mère, tout en regrettant de ne pas avoir emprunté les rues Gay-Lussac et Claude-Bernard pour m'éviter l'injure des boulevards. Je sais très bien où est la gare de Lyon. En bus, en taxi, en avance, toujours en avance. Mais à pied, j'étais frappé de la trouver si proche. Bientôt ce serait la Seine, la rue de Lyon et les rails. La gare était à portée de quelque chose qui n'était pas ma main. Il fallait ce soir superposer la carte de Paris avec celle de mes cauchemars, là, dans le maintenant. Le boulevard Saint-Marcel m'avait toujours paru inoffensif, il faisait pourtant partie de ce trait de sang, cette giclure depuis l'appartement de mon enfance, notre royaume, jusqu'à

La Nuit imaginaire

la lame du TGV. À moins qu'elle n'ait voulu longer le Jardin des Plantes, par la rue Buffon. Je me suis dit ça d'un coup et c'était un coup dur, car je savais que c'était la mère morte en moi qui l'aimait ce jardin. Vivante, elle aurait peut-être méprisé cette béance coloniale. Moi je l'aimais de tout mon cœur et j'ai bifurqué dans la rue Geoffroy-Saint-Hilaire pour m'en rapprocher. Passant devant un bar où je rencontre parfois des amis de la fac, j'ai eu soif. Je marchais depuis un bon quart d'heure et, à bien y penser, j'avais surtout faim et envie de pisser. Dans la rue Buffon, par les fenêtres éclairées du Muséum d'histoire naturelle, on apercevait la crête de l'immense colonne vertébrale d'un diplodocus, et dans un sanglot de la pensée je me suis dit, Il est impossible de voir ça et d'aller mourir. J'avais fait ce détour pathétique pour l'attendrir, je l'ai compris là, à ma fausse surprise, à mon sourire de comédien devant le squelette éclairé dans la nuit. Le genre de détour qu'on fait pour impressionner une fille, ça et claquer des doigts au moment où les monuments s'éteignent. J'essayais de distraire ma mère de ses envies de meurtre, Viens, ne m'abandonne pas, on pourrait aller ensemble voir les dinosaures au Jardin des Plantes. C'est un enfant de six ans qui marchait sur le pont d'Austerlitz et je n'aurais pas été étonné qu'un adulte inquiet vienne me proposer de l'aide. Il n'y avait pas le moindre piéton sur le pont. J'ai commencé à avoir peur et, peut-être par un effet de transmission entre les pierres dont m'avait parlé Armand au centre de mon crâne, à ressentir de la tristesse. Par un effet

Mes yeux éclairaient des voies anciennes

d'architecture aussi, les ponts font toujours ça, je me voyais d'en haut, de loin, quinze ans après sa mort, n'ayant rien d'autre à faire. Les gens de mon âge ne faisaient pas ça. Ils n'allaient pas le mardi soir sur le lieu où leur mère s'était assassinée. J'en étais là de mes pensées, déjà bien engagé dans l'avenue Ledru-Rollin, quand un grand type maigre d'une trentaine d'années s'est approché avec un large sourire. Assez large pour me faire douter de ses intentions. Salut, il m'a dit, Salut, j'ai répondu, Tu n'es pas du quartier on dirait, il a poursuivi. Il s'est mis à marcher à côté de moi, comme un ami, tout près, nos manteaux se frôlaient et ça ne me plaisait pas trop, à cause de sa dentition et de ses yeux dans lesquels brillaient les murs de l'asile. Tu vas chez ta copine ? il m'a demandé. J'ai dit : Non je vais la chercher à la gare. Oh c'est romantique, il m'a dit, mais il ne m'a pas cru, je l'ai vu tout de suite parce qu'il a serré ses dents de colère. Il parlait avec une voix très douce et enjouée et d'autant plus douce et enjouée qu'elle était tout entière inventée pour masquer la violence qui suppurait sous sa peau et dont la morsure lui donnait des soubresauts. Ses dents étaient toutes rapiécées et son corps sec et noueux. Il sentait la sueur et une chose plus capiteuse dont j'avais peur de ne pas pouvoir me débarrasser. Je me disais : S'il me viole je vais traîner cette odeur toute ma vie. Elle arrive d'où ta copine ? il a demandé, et sans attendre ma réponse : Vous allez prendre un verre après, on pourrait boire une bière tous les trois, mais bon tu dois être pressé de la… Il a ri, Vous allez bien vous amuser tous les deux.

J'ai dit : On doit travailler, c'est bientôt les partiels, c'est sorti tout seul. De toute manière ni lui ni moi ne prêtions réellement attention à la farce de notre conversation. Nous jetions des regards alentour pour inventer la suite, l'air aussi possédé l'un que l'autre. Ouais, j'ai répété, c'est bientôt les examens à la fac, histoire de réorienter la conversation vers un sujet plus impersonnel. Il voulait me coincer sur cette histoire de copine, il m'a dit : Ça te dérange pas si je t'accompagne, c'est à quelle heure son train ? Il m'a regardé de haut en bas, Et tu apportes même pas de fleurs, larchouma, si tu veux je sais où tu peux en trouver à cette heure, viens, c'est vraiment pas loin, il a fait en me montrant une rue sur la droite avec ses yeux fous. J'ai dit : C'est vraiment sympa, mais c'est pas son truc les fleurs. J'avais les mains moites et mon envie de pisser était décuplée par la trouille. Il a insisté, Mais si, viens, en passant son bras autour de mon épaule et je me suis dégagé un peu violemment. Il s'est arrêté net. Il avait l'air surpris et légèrement blessé. J'ai demandé : Ça va ? et il a répondu : Oh attention, je suis gentil là, avec un ton inédit de racaille, la main prête à se lever. Il y a eu un silence. Je regardais partout autour de moi s'il y avait un café ouvert où m'engouffrer, mais les types dans les bars faisaient tous aussi peur que lui, et s'il me suivait à l'intérieur il pouvait très bien leur parler et ils se mettraient à rire, je serais obligé de repartir avec lui et la situation serait pire. J'ai recommencé à avancer vers la gare et il a repris sa marche à mes côtés avec ses tics et ses dents pourries. Il m'a dit : Tu sais quoi je vais t'accompagner jusqu'au quai, il avait laissé tomber sa voix gentille. Il parlait normalement maintenant, disons d'une voix normalement menaçante pleine de postillons, C'est pas sûr ici le quartier, et toi tu sais pas te défendre, je t'aime bien, je voudrais pas qu'il t'arrive quelque chose. Et encore moins à ta copine, il a ajouté en faisant claquer sa langue, c'est une Française j'imagine. Nous avons tourné dans la rue de Lyon, j'apercevais la gare au loin et son beffroi. De là où j'étais, je pouvais voir deux des quatre horloges de la tour. J'avais du mal à en croire mes yeux, elles n'étaient pas à la même heure. Celle qui regardait le plus vers nous affichait dix heures moins dix, probablement l'heure juste, et l'autre, orientée vers la place de la Nation, indiquait sept heures moins dix, soit peu ou prou le moment de la mort de ma mère, d'après les informations données par ma tante. Elles ne sont pas à la même heure, j'ai crié. Il a mis un moment à comprendre de quoi je parlais et il m'a répondu : T'inquiète pas, tu vas la retrouver ta copine. Il m'a mis sa montre sous le nez, trop près pour que je puisse voir quoi que ce soit. J'ai alors eu le relent très fort de son odeur et je me suis rendu compte que je commençais à l'aimer, sa puanteur. Non, j'ai dit, c'est pas ça, l'horloge là-haut, elle n'est pas synchronisée, tu vois la même chose que moi ? Synchronisée, il a fait en imitant une voix efféminée sans aucun rapport avec la mienne, t'es marrant toi. J'étais tellement soufflé par cette histoire d'horloge que j'en oubliais d'avoir peur de lui. Il me suivait toujours. Je ne faisais plus vraiment attention à sa présence.

La Nuit imaginaire

Arrivé devant le grand café dans le hall, Le Train bleu, je lui ai dit : Bon, je suis en avance, je vais aller l'attendre à l'intérieur. Il a sifflé et il m'a dit : D'accord, dommage, on aurait pu rigoler tous les deux, en passant la main sur la braguette de son jean, et j'ai répondu : Oui c'est dommage, c'est à cause des examens. J'ai attrapé la poignée en étain et je suis entré dans le café.

J'ai pissé pendant une éternité et je me suis lavé les mains deux ou trois fois pour m'envelopper de l'odeur de savon, tout en amorçant le deuil de cette petite amie imaginaire embarquée dans le train de vingt-deux heures en provenance de Rome pour des retrouvailles brûlantes. De retour sur la banquette, j'ai évalué ma fortune, à peine suffisante pour un café. La faim me tiraillait, l'envie de boire plus encore. Qu'importe, sur le damier des serveurs, j'étais de toute évidence invisible. Bercé par le va-et-vient des clients, materné par la voix de la SNCF, je me suis inventé une histoire dans laquelle ma mère, assise à une table voisine, aurait cherché une femme de son âge lui ressemblant assez pour lui ressembler déchiquetée. Profitant d'un instant d'inattention, disons la femme partie téléphoner, elle aurait versé des somnifères dans son thé. Il faut se représenter l'aube, les visages gonflés de sommeil, les serveurs au ralenti, la gare à peine réveillée, les voyageurs matinaux au relais des buveurs du soir. Ma mère se lève, suit la femme à travers les grands palmiers en pot, fait mine de s'intéresser aux unes des journaux lorsque celle-ci achète un paquet de Gauloises. « Gromyko dégèle mais ne fond pas », « La France se remet à l'heure d'hiver : cette nuit vous bénéficierez d'une heure de sommeil en plus, mais les avantages des jongleries avec l'heure solaire restent contestés ». La femme s'avance vers les voies, son pas déjà alourdi par les barbituriques. Un moment, elle flanche, se rattrape à une borne de compostage orange. Ma mère s'approche, l'agrippe par l'épaule, la guide doucement. Elles ne se parlent pas, tout se déroule en silence, la femme blottie dans les bras de ma mère avance à demi endormie, ses cheveux dans son cou, à portée de parfum. Arrivée au bout du quai, loin du cœur de la gare, ma mère pousse la femme sur les rails, lâche le corps comme un vieux vêtement. La femme émet un râle, n'a pas la force de se relever, retombe dans un sommeil douloureux. Les sacs à main ont été échangés, au bras de ma mère celui de l'inconnue, et jeté sur la voie le sien, fermé sur ses papiers d'identité. Débarrassée d'elle-même, ma mère s'éloigne, soulagée, libre et heureuse, prête à monter dans le premier train pour ailleurs. Cette histoire me plaisait, malgré des inconvénients manifestes. Je suis resté un long moment dans son sillage macabre, ma mère exilée, vivante et criminelle dans une ville argentine.

Un garçon en long tablier blanc et nœud papillon a fini par m'apporter un déca trop chaud, puis froid. Le temps, enfin, avait cédé. Au Hangar je me contentais de le tordre. Plus rien ne m'importait, sinon les

Mes yeux éclairaient des voies anciennes

effluves de septembre 1985 ayant résisté aux accidents nucléaires, au sida, à l'effondrement d'un empire et à la fin du millénaire. Ici, l'histoire faisait transiter ses bagages. À deux tables sur la gauche, une femme fumait devant un verre de blanc. Ridée, élégante. À chaque bouffée de cigarette, elle passait sa langue sur ses lèvres dans un geste chic, rescapé d'une vie noyée à présent sous un océan de muscadet. Sitôt terminé, le verre s'envolait dans la main du serveur, remplacé perlant de fraîcheur par le suivant. « Et voilà, ma petite Monique. » Elle souriait, regard d'enfant malicieux, et retournait à sa conversation solitaire, allumant, gourmande, une nouvelle cigarette à la flamme d'un Dupont ivoire. Après l'avoir observée longtemps, assez longtemps pour la voir se lever et marcher appuyée sur une canne, je me suis décidé à l'aborder. Je peux vous demander une cigarette, madame? Ah non, Monique, elle m'a dit. La clope c'est oui, mais madame c'est non, je me suis pas enquiquinée toute ma vie à emmerder les bourgeois pour me faire appeler madame par un gamin. Elle a souri, contente de sa tirade, et a fait mine de m'ignorer. Elle minaudait pour moi. Allez viens, on va pas rester toute la nuit à fumer comme des idiots sans se parler. Elle a fait un geste au serveur, et avant même que je me sois installé en face d'elle, deux blancs exhalaient de fraîcheur sur la table. Alors, on a raté son train? Remarque je m'en fiche, c'est pas le commissariat ici. Elle m'a tendu son paquet de cigarettes, en a fait jaillir une d'une pichenette, une Dunhill filtre blanc, en a pris une autre, l'a allumée, et sans éteindre la flamme a approché le briquet de mon visage. J'ai avalé la fumée et je l'ai fait coulisser de ma bouche à mon nez pour l'aspirer de nouveau. Il me semblait respirer enfin après une longue apnée. J'ai bu une grande gorgée, fraîche, acide, et j'ai souri d'aise. Elle a mis son menton entre ses deux mains ouvertes le long de ses joues, cigarette fichée entre ses doigts bagués, les coudes sur la table, et elle m'a souri à son tour, dévoilant un écart fabuleux entre ses deux dents de devant. OK j'ai compris, elle a dit, Claude, tu fais une omelette au petit s'il te plaît, et me regardant : C'est pas le Biafra ici. J'ai su alors la joie entretenue en sa présence, un feu craquant de braises facétieuses épuisant bûche à bûche toute énergie alentour. Elle m'a dit : Mange et moi je cause, après tu me raconteras tes malheurs. Ça a duré une heure peut-être. Elle était venue à vingt ans de Lyon pour un job de dactylo, dont elle s'était fait virer après avoir involontairement mis le feu à une corbeille, En même temps, fumer en tapant quelle galère, a-t-elle précisé. Arrive Mai 68, elle va dans les manifs, les bonshommes sont trop cons, des phallocrates, des fils à papa incapables de pisser tout seuls. Elle aurait préféré être lesbienne, s'entiche d'un voyou, poète raté, mais baiseur impeccable. Ils habitent une chambre à Asnières. Un jour elle rentre, il est au pieu avec une copine de son groupe féministe qui pourtant n'arrête pas de le débiner dans son dos. Scène, cris, ils sont complètement défoncés tous les trois, Monique tombe par la fenêtre, poussée par l'amante, ou par le poète raté, ou par le désespoir. Au fond c'est la faute à pas de chance. Heureusement, ils habitent au premier. Elle se retrouve avec une canne, seule, accro à la morphine, sans boulot, exit le poète et sa pouf. Après quelques mois de galère, ouvreuse dans un cinéma, elle décide de rentrer dans son bled, chez ses parents, des ploucs bourrés d'oseille, mais gentils. Gare de Lyon, elle entre au Train bleu, boit, ne veut plus partir, la glaise de la bourgeoisie de province, tout ça. Elle passe l'après-midi tétanisée en se disant qu'elle va se jeter sous le premier train. Un type l'accoste, tout frais débarqué de Marseille, beau, détruit, tout ce qu'elle aime. J'étais prête à me flinguer, ça s'est joué à une minute. Il enseigne, elle peint, ils passent leur vie dans les cafés, arpentent le monde. À un moment, j'ai décroché. Je commençais à fatiguer. Surtout, j'étais entièrement absorbé par sa façon de bouger, son visage, ses mains, les taches sur sa peau. Elle devait avoir, je ne sais pas, soixante ans, elle avait dû être belle, ou au contraire ne l'avait jamais autant été qu'aujourd'hui, sentant la vie à pleins poumons et le parfum cher. Elle disait des grossièretés comme on croque des bonbons. Quand je me suis remis à l'écouter, ses parents avaient fini par casser leur pipe, laissant un gros pactole, industrie pharmaceutique, de quoi vivre en nabab jusqu'à la fin des temps, sauf que la fin des temps pour son jules est arrivée plus vite que prévu. Une bombe à la gare de Marseille, le soir du réveillon, deux ans après la victoire de Mitterrand. Elle l'attendait au Train bleu, leur café. Flingué par Carlos, lui, tellement pro-pal qu'il aurait fait passer

Arafat pour un sioniste, tu vois l'ironie ? Depuis elle venait tous les jours, ici c'était chez elle. On connaissait son histoire, leur histoire. Tout avait débuté et s'était terminé là. Après la mort de son amant, les tableaux de Monique avaient commencé à se vendre comme des petits pains, Enfin plutôt comme des petits lingots si tu vois ce que je veux dire, alors elle peignait pour faire plaisir à son galeriste, et quand elle ne peignait pas, elle buvait du blanc au Train bleu, Voilà, mon chou, tu sais tout. J'ai laissé Monique poursuivre son monologue, pour la musique de sa voix – l'interrogeant parfois sur son amant, sa famille, pourquoi ils n'avaient pas eu d'enfants, Et puis quoi encore ? –, pour son doigt, levé – Claude ! le gamin se dessèche là –, pour la possibilité infime de ma mère à ma place, quinze ans plus tôt, regardant fumer cette jeune veuve la nuit de son suicide. L'une peint, l'autre pas. Et je me suis levé. Nous nous sommes quittés dans la poussière irisée de ses souvenirs. Je ne lui avais rien dit pour ma mère, c'était son café à elle, ses fantômes, il faudrait aux miens d'autres lieux à hanter. J'ai traîné un peu dans le hall de la gare, à la recherche d'une voie à longer, l'ivresse a choisi pour moi la 17. Chaque pas me précipitait dans le suivant, le crâne traversé par d'innombrables flux de pensée, une vibration proche de la fêlure sous ma peau. Toutes les images, je les laissais venir. Un instant je me jetais sur les rails, l'autre je courais vers ma mère, je la sauvais, je la poussais, enfant elle me donnait le sein sur le gravier et le sifflement du train nous indifférait, je la regardais morte, je la regardais se faire broyer, le spectacle du sang, le corps libéré du corps, éparpillé, je vomissais, je riais, je sautais d'un pont, je volais, je devenais le train, le bruit du train, j'étais sa force immense, j'étais le temps, la mort et le vent. J'ai couru le long du quai. La force m'est venue de pleurer, une vague immense, pourvoyeuse d'ailes. Je suis tombé, frappé dans le dos, les paumes sur le béton écorchées, j'ai failli ne plus pouvoir pleurer à cause de la surprise du sang, des graviers sales dans la plaie, mais la seconde vague a surgi, alors j'ai pleuré bruyamment, à genoux, dans un spasme aveuglant. Longtemps. Par moments, seul mon corps pleurait, mon esprit repris par des pensées concrètes bientôt emportées à leur tour par le courant des larmes, noyées de nouveau. Je pense que j'ai dormi, ou perdu connaissance. Lorsque je suis revenu à moi, j'étais adossé à un poteau, mes bras passés autour de mes jambes, la tête rentrée entre les genoux. Je me sentais vide, un peu sale, mais étonnamment jeune et reposé.

Comment fait-on pour ressusciter ?

Taxi. Je rallume mon téléphone, message de Mona, message d'Armand, message du libraire. « Hey, c'était bien l'autre jour. On remet ça bientôt ? XX. » J'éteins mon portable, je n'ai plus de batterie. Nous passons devant la morgue. Jazz, chauffeur silencieux, ronronnement de moteur. Je n'ai pas d'argent, je m'en fous. Quand il met le clignotant, le tic-tac me rend heureux. La pluie me manque, je n'ose pas ouvrir la fenêtre. Berceuse des phares dans l'habitacle surchauffé. Je me penche vers les lumières du tableau de bord, vingt-trois heures cinquante. Surpris, sans savoir s'il est plus tôt ou plus tard que je le pensais. Je préviens le chauffeur qu'on change de direction, en fait on va rue aux Ours, dans le troisième. « C'est vous le chef. » Quai des Célestins, j'aime Paris plus que mes amis. La nuit plus que le jour. La vie plus que la mort. Image fugace de l'homme qui a tué ma mère. Première version familiale avant le suicide : l'accident de voiture. Petite compote macabre plus facile à enfoncer dans une gorge d'enfant. L'enfant, justement, imagine la quatre-ailes broyée, sa mère encastrée dans la tôle. C'est crédible puisqu'il n'a jamais revu ni l'une ni l'autre. Il invente des images. Remplit le vide. On dirait qu'il y aurait un homme ivre au volant d'une Audi. Incontrôlable. Les autres se taisent car l'homme a pris la fuite. Pourquoi une Audi, on ne saura jamais. Où l'homme a fui non plus. Parfois on croit à une mise en scène. La vérité est autre : ils sont partis ensemble, une vie clandestine. Peu importe. L'homme qui a tué ma mère, il a un nom, un visage, des enfants aussi. Un nom américain, un visage aimable, des enfants blonds. Même après avoir compris pour le suicide, j'oublie de l'oublier. Il est là, coupable, séduisant, introuvable. Il est en moi pour toujours. Pour le suicide, j'ai su par capillarité. Le poison très lent de ce savoir s'est infiltré en moi jour après jour pendant des années, par respirations successives de l'air expiré sans un mot par ma famille. Le silence après la mort du fils de Solange. L'agacement de ma grand-mère lorsqu'une cousine passe l'été à lire *Anna Karénine* avec passion. Les yeux baissés lorsque la télé rediffuse une interview de Dalida, la mort aux lèvres. Le silence, l'agacement, les yeux baissés. Aveux microscopiques offerts quotidiennement à l'enfant, si bien qu'un matin on sait, sans savoir comment, ni depuis quand. On sait sans jamais avoir entendu, sans jamais avoir dit. Sans jamais avoir pensé à gracier le meurtrier des mensonges d'antan.

Le taxi approche du Hangar. Je suis au diapason de l'air. C'est en être pur que je tire de l'argent, le contact des billets me rappelle celui des papiers de bonbons des boîtes Quality Street. Ombre gigantesque de mon corps sous un réverbère. Le chauffeur s'éloigne, je n'ai même pas vu son visage. Celui du videur évoque une statue de bronze exposée jadis dans la rue. Je me demande s'il sait, mais j'ignore quoi. J'entre en pliant le ticket à la manière dont mon père corne ceux du métro. Au bar, où je fais le plein de gin to' et de clopes, j'anticipe l'odeur d'ici demain imprégnée. Je vais encore puer le Hangar. Je fais le tour, une fois. J'entre dans la salle tout au fond, celle plongée dans le noir derrière un rideau de théâtre. D'ordinaire je la contourne, même ici il y a des gradations dans l'indigne. Cette nuit qu'importe, d'avoir pleuré je suis devenu brahmane. Dedans, c'est la ronde des corps invisibles, palpables à leur masse. Odeur de talc, exhalaison des peaux, tout un quotidien transpiré dans le désir. Je me tiens immobile, phosphorescent d'orgueil. Ça bouge autour de moi, on me cherche. Concert de souffles à mon cou. On me frôle, du doigt, de la main, des lèvres. On me déboutonne. Je suis la proie, je me sens bien, j'ai envie d'être caressé par les mille mains du Hangar. La musique est à la fois très forte et très loin. On me manipule, une main décode ma peau, un sexe me pénètre, jouit en moi dans une pulsation de veine, puis un autre. Je jouis dans une bouche, les cheveux collés dans une étreinte moite. Mon corps n'a jamais été aussi précisément délimité, ni ses frontières si généreuses. Je souris dans l'obscur. Les serpents retournent sous la terre, vaquent à d'autres festins. Il me faut plusieurs minutes pour retrouver mes vêtements à tâtons, mon manteau a

La Nuit imaginaire

disparu. Je me dis, Il reviendra quand il sera prêt. Dans le couloir, mon T-shirt n'est pas mon T-shirt. Je fume assis sur le muret. Je souris, tout le monde me sourit. Un garçon passe sa main dans mes cheveux mouillés. Impatience de banc de touche. Une clope et j'y retourne. Debout, adossé au mur, un autre garçon en débardeur, mâchoire, ventre, bouche, tout taillé pour le grand air, les terrains de foot, m'adresse un clin d'œil sans se départir de sa pose. Signe de la main précis, il m'attend. J'avance vers lui. Un jeune gars surgit, bras sur le mur en barrière, yeux dans les yeux, parlant bas, intense, inaudible. J'attends à la lisière de leur échange, regarde nos pieds, fais des ronds avec le mien, des ronds vers lui. Son corps est à deux centimètres. La frustration attise un élan douloureux sous ma gorge. Il m'ignore, je ne suis plus sûr de rien. S'il part avec l'autre, tout sera emporté. Je suis l'enfant, il est la main pour traverser. L'importun s'éclipse, la chose n'a pas pris, débardeur ouvre la bouche pour ne rien dire, plisse ses yeux gris, regard baissé sur moi, avale sa salive, fait un signe de tête. Je le suis vers la cabine, il peut me battre si c'est juste nous deux. Dedans je me retiens de japper de reconnaissance, n'en reviens pas de sa beauté, de son silence, de cette absence à soi-même. L'indifférence avec laquelle il me prête son corps, l'offre encore mieux à mes fantasmes. Ses yeux restent ouverts, froids, seule sa respiration me guide, m'accompagne. Je sors de la cabine, rassemblé. Il est temps de quitter le sous-sol, de monter me mêler aux danseurs. Maintenant. Dans les escaliers, la musique s'infiltre sous ma peau, limaille le sang. Elle m'aimante. Urgence de me presser contre les corps moites, ballotté d'épaules en plexus, disloqué. En haut, l'essaim bourdonne sans conscience, ivre de bruit, pupilles zébrées de lasers, gouverné par la transe. J'approche, le cœur battant de l'adrénaline soufflée depuis les baffles. Je bouge tout de suite de peur de ne plus oser, les yeux fermés d'abord pour être invisible, une moue involontaire sur mes lèvres, les poings en boxeur au niveau de la poitrine, je balance les épaules, le torse, la tête, la musique dicte le mouvement dans un répit de la conscience. Les bras de plus en plus hauts, soulevés par les rugissements. Nous nous respirons les uns les autres, je goûte à leur sueur. *No time to breathe, no time to breathe, no time to breathe*, une accélération de moteur de vaisseau spatial, on retient nos mouvements, ça chauffe, et soudain l'explosion dans ma poitrine, et dans une avalanche de tambours métalliques, mes bras se tendent, mille bras sont tendus vers l'espace saturé de bruit, nous nous envolons en hurlant sous des tempêtes de sons en spirale zigzaguant sous nos pieds. Au cœur de l'essaim embrasé, une boule d'énergie électrique. Il a plu sur les visages des garçons, les T-shirts sont noués sur les pantalons, glissés dans les poches arrière, laissant apparaître au cœur des torses l'étoile d'un pendentif, les ventres, les dos, les fesses sont mitraillés par la répétition des beats dans une fièvre stroboscopique dont la pulsation m'emporte au bord de la lucidité. Mon visage est déformé par le sourire, mes mains tracent dans l'air une langue nouvelle.

La Nuit imaginaire

Profondément replié en moi, j'observe mon corps exulter. La foudre sur un pylône électrique, un train lancé à plein régime, l'étincelle des roues fer contre fer avec les voies, le feu de la vitesse engendrant le feu de la mort. Une flèche d'acier au service de Dieu. *No time to breathe, no time to breathe, no time to breathe, no time to breathe, no time to breathe.*

VI

Mes mains s'envolaient aussi
avec des bruissements d'albatros

Ce matin, ce n'est pas la patte d'un ours mais la main caressante de Samuel qui m'a réveillé. Pourtant quand il m'a dit mon bel amour, j'ai entendu mon père est mort. J'ai sauté dans ses affaires, pressé d'arborer la laine rouge de son pull dans les rues ourlées de soleil.

C'est la fin de l'hiver, je m'en fous, de la mécanique des saisons et du reste. J'ai bu mon thé et je suis sorti en trombe, oisillon palpitant à cloche-pied au-dessus du fleuve des caniveaux, sourire en arbalète. Je suis retourné voir Gloria, les mains vides, le cœur léger. La première fois je n'avais rien osé dire pour Tsycos, j'avais trouvé ça bien, elle la veuve moi l'orphelin. Aujourd'hui en entrant dans le salon, le courant d'air de son absence m'a incommodé. Tsycos. La question dormait en moi depuis le moment où sa mort avait fait irruption dans ma vie. La mort comment ? Gloria sur la pointe des pieds m'a embrassé une joue après l'autre, elle a pris mes mains dans les siennes et elle a dit : «C'est bien que tu sois revenu.» Je me suis tortillé dans la cuisine en la regardant fouiller dans les placards pour me préparer un goûter d'enfant. Sur le mur, le long d'une ficelle en raphia, pendait, ribambelle fichée dans des pinces à linge, le résumé de trois décennies d'exil. « C'est Estéban ? » j'ai demandé en pointant un très jeune homme juché sur un vélo, sous une couche de poussière grasse. Elle vidait un paquet de boudoirs dans un bol, perdue dans ses pensées. Depuis combien de temps dormaient-ils dans le garde-manger ? Tout semblait somnoler dans l'appartement, à commencer par Gloria elle-même. Ma visite avait beau être prévue depuis plusieurs jours, j'avais l'impression de faire irruption pendant la sieste. Elle s'est retournée, a observé le mur, mains sur les hanches, puis a hoché la tête de gauche à droite. « Non, pas Estéban, Gustavo, mon petit frère. » Son regard s'est perdu loin dans le hors-champ du souvenir. Peut-être à cause de l'effet de la lumière du soleil sur la peinture verte de la cuisine, je me suis rendu compte de sa vieillesse à ce moment précis. Les préparatifs du lapsang ont repris. J'ai inspecté d'autres photos, des instantanés exposés à hauteur de petit déjeuner pour familiariser la nouvelle génération aux cousins demeurés de l'autre côté de la cordillère des Andes. Je n'ai plus posé de questions. En sortant de la cuisine, plateau fumant à la main, elle a dit : « Les caravanes de la mort, mais tu connais tout ça, oui ? » J'ai cru qu'elle parlait d'un tableau dans le couloir, alors je n'ai pas répondu. Dans le salon, j'ai retrouvé Shiva perché sur la bibliothèque et les gros fauteuils recouverts de tissus moches, profonds comme des soupirs. J'ai demandé pour Tsycos. Précisément, je

Mes mains s'envolaient aussi...

voulais savoir son agonie. Dans le *Robert* des noms propres, je commence toujours les notices par la fin pour connaître les capitulations du corps. Mourir oui, mais de quoi ? Je m'en contente même, de ce dernier exploit, je vais rarement plus loin. Il faudrait inventer un *Robert* spécial où seraient répertoriées les mille façons de céder à la mort, les variations macabres de la douleur, de l'angoisse et de l'abandon. On y découvrirait le poison capable de venir à bout d'un homme comme Tsycos, de ses mains puissantes et de ses certitudes d'ogre. J'ai beau y penser sans cesse, à la mort, il reste en moi un fond d'incrédulité. Dans le salon ensuqué de Gloria, le visage de Tsycos fulminait sur la bibliothèque dans un épais cadre de cuir, travaillant à son bureau, une pipe à la main, et je ne voyais pas bien quelle apoplexie avait eu l'audace d'interrompre sa tâche. Enrhumé pourquoi pas. Mais mort ? Gloria l'avait-elle veillé jusqu'aux doigts cireux agrippés aux draps ? L'avait-elle veillé jusqu'à souhaiter sa disparition ? Tsycos, je m'en suis souvenu, me faisait l'effet d'un chêne. Nous chahutions, enfants, dans ses branches tempétueuses, enhardis par ses manières de géant, imprégnés de son odeur de tabac froid. D'un doigt savant, il m'avait un soir désigné la trajectoire de la comète de Haley, traçant une courbe dans la Voie lactée. Quelques instants après, c'est ce chemin qu'elle avait suivi, obéissante. J'ai demandé pour Tsycos, et Gloria a préféré me parler de sa vie, la leur, ressuscitant en moi d'anciennes traces du temps de Mirabel, à l'âge des compréhensions muettes. J'avais nourri de salade la vieille tortue, Mir, emportée dans la fuite à l'ambassade, puis en France. Quand Gloria chantait, les soirs d'été, sa voix portait en elle les salles combles et les applaudissements d'avant. Toutes ces choses, je les savais sans avoir eu besoin de les apprendre. Je la regardais piocher les souvenirs dans sa mémoire en me délectant de son accent qui rendait muet le *p* de psychanalyse. Elle disait «la "sicanalisse" m'a sauvée». Le mot m'évoquait un champignon dodu cueilli à la racine d'un arbre, sous son abri d'humus, avec un bruit mat, libérant dans un parfum âcre son nuage de spores enchanteresses. «Sicanalisse». De quelle potion cet ingrédient pouvait-il être le secret? La torpeur autour de Gloria se dissipait au contact de ces réminiscences. Elle rajeunissait au point parfois de revêtir le masque de ces années-là, devant mes yeux, sous les lambris silencieux de l'appartement, elle avait les traits de la femme de trente ans grisée de colère, rencontrée par l'enfant dont je possédais la mémoire. Ce temps-là, le leur, avait pris fin. Pas à la mort de Tsycos, avant, quelque part à la cinquantaine. Il avait passé. Leurs tapis avaient été de plus en plus beaux, le divan bondé de patients fiers d'y advenir. Certains étaient devenus des élèves, d'autres des amis. Tous se retrouvaient à Mirabel l'été. Estéban avait grandi au milieu d'autres enfants d'exilés, de militants, d'intellectuels. Tsycos à défaut d'avoir été célèbre avait été célébré. Puis les choses avaient cessé de croître, ou disons plutôt, elles avaient crû encore. L'énergie qui les avait poussés, tous les deux, était retombée dans un confort indolent

Mes mains s'envolaient aussi…

émaillé d'événements sans impact réel sur leur histoire. À force d'explorer les souvenirs des sexagénaires, je commençais à y déceler un moment de coïncidence. Celui, qu'importe sa durée, où l'actualité de leur existence était indéniable, ils y étaient. Gloria, je le voyais bien, n'y était plus. Elle pataugeait dans ses souvenirs en espérant la naissance de petits-enfants, dont les photos finiraient scotchées dans des cuisines au Chili. Je suis revenu trop tard pour poser des questions sur ma mère. Elle fait de son mieux, mais ça ne barde plus. Cette séquence est enfouie sous la glace et quiconque s'y risque glisse, anesthésié, sur la surface. Moi aussi, j'ai ressenti cette léthargie, enfoncé dans le fauteuil. Pour la première fois de ma vie, je me suis dit à quoi bon. À quoi bon remuer cette histoire. Gloria a fait l'effort de dire de nouveau, d'extirper les images recuites de la gangue du temps. Le rire de ma mère, l'effet quand elle entrait dans la pièce, la mélancolie. Puis elle a reparlé du voyage en Égypte, la joie communicative d'Ibrahim, l'amitié profonde de Tsycos pour elle. « Tsycos a rencontré ta mère, la veille de sa mort, à la piscine, par hasard. Elle lui a demandé de lui apprendre à plonger. Il m'a raconté ça seulement des années plus tard, tu imagines… Ça m'est revenu après ta dernière visite. » J'ai à peine eu le temps d'avaler la nouvelle, Gloria égrainait déjà la suite, le changement d'heure, la quatre-ailes garée rue Froidevaux, l'accablement. Sa petite collection de billes, Gloria me la tendait ingénue, de minuscules sphères ternies, touchantes de désuétude, avec à l'intérieur les souvenirs figés dans le verre incassable. J'ai saisi celle contenant l'aventure égyptienne, sans oser lui raconter mes projets de voyage avec Élie. Gloria a fermé les yeux, elle a parlé de la lumière du Caire, du désert, de ses engueulades avec Tsycos, du libéralisme économique qui défigurait le pays. Pour la délivrer, j'ai posé des questions plus générales et nous avons fini par discuter d'autre chose. Le visage de Gloria a retrouvé ses rides bienveillantes. Elle semblait soulagée d'avoir franchi ce moment avec moi, son oral s'était plutôt bien passé vu la complexité du sujet, on pouvait maintenant souffler en faisant fondre des boudoirs hors d'âge dans le thé tiède de l'oubli.

Les observatoires de la pudeur.

J'avais supplié Mona : « Dis, tu m'accompagnes. Les couloirs, la chambre sordide, le bus pour y aller, je ne peux pas. Noter dans mon agenda "Aller à l'hôpital voir Élie", déjà ça c'est trop. Une tache indélébile. » « Tu ne possèdes pas d'agenda », m'avait rappelé Mona. « C'est pire encore, je lui avais dit, de devoir le noter simplement dans ma tête, d'avoir cette ombre dans l'après. Seul je n'irai pas. » C'est d'ailleurs vrai, seul, je n'y étais pas allé. Ni à Sainte-Anne, ni après chez lui, ni ensuite au centre où sa mère l'avait envoyé se reposer. Les maigres nouvelles dont je disposais m'avaient été fournies de force par la vieille dévote qui priait à genoux, ses bas à même le sol de l'église, et qu'on appelait l'amoureuse secrète du père Claude, dont elle recevait chaque semaine une hostie la langue pendante de joie. Elle surgissait régulièrement à l'angle d'une rue, comme un spectre, pour m'annoncer la mort d'un vieux commerçant, la disparition d'un chat du voisinage, ou me demander des nouvelles de mon charmant camarade sur qui elle en savait invariablement plus long que moi qui ne voulais rien savoir. Je fuyais la pensée d'Élie dans les dédales de mon esprit. À son évocation, je fermais des portes, je courais, je me cachais dans des pièces inventées exprès. Bizarrement pourtant, son nom est venu tout de suite dans la conversation avec Samuel. La première nuit, je lui avais parlé de cet ami rencontré dans une église de mon quartier avec qui j'avais projeté un voyage en Orient. Son nom est revenu les nuits suivantes et j'assistais surpris à ces confidences. Élie s'était brodé dans la parure et je me pavanais avec sa figure insolite jouxtant la mère morte, mon amour pour le jardin du Luxembourg, le thé fumé et le cinéma d'art et d'essai. Nous lancions des fils au hasard, tissant à la hâte les draps fragiles de notre amour, un abri pour filtrer la lumière du dehors. Samuel, bien sûr, cousait dans sa conversation les motifs chatoyants d'une vie aux contours précis où tout me paraissait plus fort. Il savait d'où il venait, quoi lire, où aller boire un verre, les noms des gens importants, il militait à Act Up. À moi donc le damas baroque de la compagnie des fous, les trous, l'effilochement à la place de l'ourlet. Puisque Élie était mon ami, par cohérence vis-à-vis de Samuel, je lui devais bien une visite. « T'as qu'à y aller avec ton mec », a tenté Mona avec cette moue horripilante. J'ai levé les sourcils au ciel en gonflant les joues, elle a souri, c'était gagné.

Élie s'est invité dans ma nuit, la nuit précédant ma visite. Il me montrait un crâne, dans la salle des momies du Louvre, et ce crâne était aussi une main d'enfant. Il me disait : Regarde sa ligne de chance, elle suit le tracé exact du Nil. Un gardien venait me prévenir, semblable à l'homme de la guérite du Hangar, Élie ne doit pas pleurer sinon il tombera en poussière. Le fleuve dans la main de l'enfant n'avait rien à voir avec le Nil, quelque chose était inscrit dans une écriture minuscule, illisible, et quand j'ai voulu attraper le bras d'Élie, j'ai compris que c'était ma main qu'il tenait dans la sienne. Je me suis réveillé avec difficulté, le cauchemar flottait encore dans la pièce et j'en ai profité pour me le raconter en détail. Samuel dormait à l'autre bout du lit, tourné vers le mur. Dans cette posture il me semblait encore plus absent. Du temps de l'attente, je nous voyais enlacés, des larmes de chevalier sous les paupières. Voilà qu'après moins de quinze jours, il me faisait des bisous sur le nez en m'appelant boubou d'un air absent, le même que pendant l'amour. Une main sur ses cheveux, j'ai essayé de me rassurer et de me rendormir.

Son torse nu à ma fenêtre, le matin, penché vers Mona venue me chercher, m'a donné un peu d'espoir. Oui, il était bien chez moi. Nu, mon amant. Nous avons marché vers la station du RER, un endroit de bombe comme un autre. Mona a trouvé Samuel beau et s'en est trouvée belle. L'hôpital où nous allions, m'a-t-elle appris, se situait non loin d'une maison à l'architecture remarquable, puisque nous aimions la beauté nous pourrions la visiter en guise de récompense. Le RER traversait le derme de la ville, cette couche épaisse et dense faisant barrage à la campagne. La banlieue me

La Nuit imaginaire

protège, me suis-je dit en plissant les yeux quand du tunnel nous avons surgi dans la lumière et l'anarchie des habitations empilées. « À quoi tu penses ? » m'a demandé Mona, et j'ai dit : « Aux fuites d'eau, je suis très inquiet des fuites d'eau additionnées de toutes les maisons et de tous les immeubles et de tous les bâtiments du monde. Les caves de ces vieilles bâtisses aux tuyaux rouillés doivent pourrir sous les hectolitres d'eau et c'est sans compter les courants torrentiels dans les égouts d'Oulan-Bator. » Au fond de moi, je pensais à Samuel resté seul dans mon appartement et je me demandais s'il aurait envie de fouiller dans mes affaires ou de porter un vêtement à moi pour la journée. Je voyais deux cailloux flotter dans l'espace noir, la promesse d'un à-côté. Être côte à côte ne suffit pas pour être ensemble. Mona, elle, songeait à la maison d'architecte, c'était sa manière d'enjamber l'hôpital. Un bijou offert aux années 1960 par un architecte scandinave pour accueillir un collectionneur et ses œuvres dans un écrin de bois baigné de lumière. Un jour, Mona serait architecte, ça ne faisait aucun doute.

Dans le parc, l'hôpital abritait entre autres surprises un château, j'avançais à contre-courant de ma volonté. De la folie d'Élie, je percevais les spores noires disséminées par les fenêtres de sa cellule, brassées par les feuillages des arbres, leurs grandes mains agitées en comptine, avec les germes corrompus des autres patients errant dans les jardins. Les yeux au sol, je suivais les pas de Mona pour minimiser le nombre des images dans ma mémoire. Elle s'imaginait déjà simulant la folie pour venir réviser au calme avant ses partiels. Je l'écoutais à peine, maudissant Élie de m'avoir mis, au péril de son délire, dans le chaudron des aliénés. L'aversion en moi si puissante me faisait craindre de ne pouvoir entrer dans sa chambre. Une force invisible, de cet éther m'interdisant de parler devant mon père, brûlait le film de la réalité. Heureusement Mona n'avait pas que ça à faire, il fallait prendre un bus pour se rendre à la maison du collectionneur et ses horaires d'ouverture nous obligeaient à un peu de discipline. Elle irait se balader dans les jardins en m'attendant. Tout était musée pour Mona. Moi, conformément aux instructions du gardien, je devais me rendre dans l'aile gauche d'un bâtiment lugubre où d'autres renseignements me seraient communiqués.

Lorsque je suis entré, Élie lisait au lit, resplendissant au milieu des rais de soleil dans sa chambre offerte aux divisions de la lumière. «Jolie vue», j'ai dit en désignant le parc. «Et encore tu n'as pas vu l'automne, c'était splendide», m'a-t-il répondu, et j'ai pensé : Mon Dieu, sa voix m'a manqué. Nous avons parlé de tout et de rien en tailleur sur son lit et sans cesse je pensais : C'est moi le fou, dans un instant il me dira, écoute je suis content de te trouver mieux, je te ferai une nouvelle visite bientôt et le voyant partir me reviendra fugace la vérité de mon internement. Il avait beaucoup lu, s'était fait des amis et avait même connu une fille plus âgée. Son visage était changé. Un chat lui rendait visite, «Parfois j'ai pensé que c'était toi, il a dit en riant, tu sais, j'ai compris que ça ne t'était pas

possible de me voir si mal, à cause de ton histoire. »
J'ai senti les draps sous mes doigts, abîmés par les
lavages trop fréquents et trop chauds. Pourquoi mes
amis devaient-ils être plus sages ? « Mais tu sais, je
suis tiré d'affaire maintenant, le processus de destruction est enrayé. » « Tant mieux si tu es guéri, j'ai dit,
parce que je compte sur toi pour le voyage en Égypte
en septembre. » Son regard s'est planté dans l'effroi.
« Tu sais je ne serai jamais guéri… » Il regardait mes
mains sur le lit. « La doctoresse Sophie t'expliquerait
que je ne suis même pas malade. » Et comme s'il suffisait de l'évoquer pour la faire apparaître, sa psy nous
a souri depuis l'encadrure de la porte. « En revanche,
malade vous allez finir par l'être si vous ne sortez
jamais vous aérer, mon jeune ami, allez donc faire
visiter le parc à votre camarade. » Nous avons obéi,
nous sommes encore des gosses après tout. Élie portait sa veste sur les épaules, sans enfiler les manches,
allure princière empruntée à la doctoresse dont la
blouse, par le même stratagème, tombait admirablement sur ses hanches. Cette complicité vestimentaire
m'intriguait et m'empêchait de vraiment profiter
du tour du propriétaire. J'entendais Élie me dire :
« Et là… », « Et là… », mais trente pas plus tard je
n'aurais pas été capable de distinguer le réfectoire
de la vieille grange où les plus rebelles allaient se
cacher pour fumer. J'enviais les tête-à-tête d'Élie avec
cette femme sophistiquée tout entière occupée de
lui. « J'ai quelqu'un à te présenter », la main d'Élie
courait d'impatience dans mon dos. Devant nous,

Mes mains s'envolaient aussi…

juchée à l'angle du muret d'une petite maison, sans doute celle du gardien, nous attendait, regard baissé, une étrange chimère en pierre issue de la noce d'un sphinx et d'une Marianne. Grande comme une grosse panthère, la statue avait un corps de lionne et un buste de femme coiffée à la manière d'un pharaon, mais avec des nattes tombant sur une poitrine généreuse. « Je te présente la Cléopadour », a plaisanté Élie. Assis au flanc de la bête, les pieds à la cime des herbes folles, il m'a parlé de sa fièvre égyptienne. Un supplice de sable brûlant, de formes géométriques et de cauchemars ensevelis dans des labyrinthes aux formules insolubles. Ses mains dansaient sur l'archet des tendons, faisant jaillir la voix, m'emportant dans de somptueux tableaux, comme au temps de la sacristie. Les mondes d'Élie me contenaient, j'y trouvais toujours une place au chaud. Au beau milieu de notre conversation, Mona est passée devant nous, l'air de rien, jouant pour moi l'aliénée, se parlant à voix basse le visage cinglé de tics, comme dans nos jeux de rôle, chez ses parents, quand nous inventions des personnages d'adultes imparfaits. Je l'ai regardée en écoutant Élie, heureux de les connaître tous les deux. Moi toujours si prompt à haïr mes amis, je les ai aimés incroyablement dans cet instant. J'ai raconté à Élie pour le voyage en Égypte de ma mère. Il m'a dit : « Tu devrais rencontrer l'homme qui la faisait rire. » L'air était humide près de la maison, et sur la mousse du muret la statue de Cléopadour ne ressemblait à rien de connu ni de rassurant. On l'aurait crue sortie des délires pharaoniques d'Élie. J'ai eu une sensation fugace très étrange, une chose que j'avais déjà ressentie mais sans chercher à la saisir. L'impression de ne plus être porté par le décor, de ne plus suivre un script précis dicté par la succession des images et des gestes. Je n'étais plus tenu par aucun artifice, ni la faim, ni la soif, ni le désir, ni l'envie de quitter mon ami, ni la peur de devoir bientôt partir. Je n'étais pas en colère, pas triste, pas spécialement joyeux non plus. Je ne pensais pas au retour, à la visite de la maison d'architecte avec Mona, au RER, à la fac, au week-end. J'étais là, saisi tout entier dans la matérialité immédiate de la poignée de mètres cubes d'espace-temps où nous nous trouvions tous les deux. Ce genre d'éprouvé, je crois, peut changer une vie en bien ou en mal. Une personne peut en être prisonnière pour le reste de ses jours. Tout dépend de la manière dont cela se produit, de sa violence. La première fois que ça m'est arrivé, c'est lorsque mon père a éteint la télé pour m'annoncer la mort de ma mère. Plus rien ne ressemblait à rien. Élie, lui, savait créer une version positive de cet état d'étrangeté avec ses mots, avec sa manière de prononcer les mots. J'ai sorti de mon sac la carte postale achetée il y a plusieurs semaines que je n'avais pas réussi à lui envoyer. Un cavalier dont la tunique vole dans l'orage, sabre à la main, bride tenue en fouet dans l'autre, juché sur un cheval à la crinière furieuse, les deux surpris dans leur galop par une chose dérobée à la vue du spectateur, cachée dans un talus. Ils sont à la fois effrayés

Mes mains s'envolaient aussi...

et menaçants. Élie a pris son temps, ceux qui veulent voir n'ont pas peur de se taire. Il a posé la paume de sa main sur la tête de la statue du sphinx à côté de lui, « Le cavalier c'est toi, moi je ne suis que le cheval. »

Il faut beaucoup de courage pour être fou.

Dans une semaine, ce sera la mer. Les yeux au galop sur le ruban infini de la plage. Aujourd'hui, mon rivage, c'est l'obscénité cadavérique des gens de piscine. J'avance recroquevillé dans l'écho. Sobre, je suis d'une pudeur atterrante et ma peau trop blanche sous les néons ressemble à un linge mal repassé. Peut-être est-ce de cacher ses cheveux, les cabines exiguës pour se déshabiller, la douche brûlante, l'odeur de chlore, ces artefacts de la honte. La sensation des pieds sur le carrelage antidérapant est d'une solitude fécale. Je n'ai aucun souvenir d'avoir appris à nager. Le vélo, oui, deux fois. J'ai dû réapprendre après sa disparition. Son suicide avait effacé cette habileté de ma mémoire. Ma mère, elle, est venue plonger ici, la veille de sa mort. Tsycos lui a montré comment. Je n'ai pas bien compris le récit de Gloria, et les questions viennent toujours trop tard. Le samedi matin, à l'heure des dessins animés dans l'appartement de mon père, elle est venue plonger ici. Tsycos était là. Il a raconté à Gloria avoir appris à ma mère à plonger. Valse des hypothèses. Ils sont morts tous les deux, on ne saura rien des détails de cette rencontre. Personne ne m'a jamais appris à plonger, ça j'en suis sûr, pourtant je le fais mieux que la plupart de mes amis. Moi, effrayé de tout, je n'ai pas peur de sauter dans le vide la tête la première. Un jour Paul m'a dit : « Si tu aimais la vie autant que tu le prétends, tu ne serais pas toujours si heureux de dormir. » La question n'est pas de savoir si j'aime ou non la vie. Ne pas avoir l'air d'être en train de se suicider, ça c'est important. Je nage gentiment, je plongerai peut-être plus tard. À midi trente, la piscine va commencer à se vider, les premiers arrivés auront terminé leur traversée immobile. Je nage gentiment pour ne pas gêner les autres. Ici tout est question d'harmonie. Encore plus qu'ailleurs, il faut s'accorder à la folie des gens autour, ne pas faire de vagues. La femme devant moi, par exemple, ne semble pas savoir qu'on fait l'aller dans une ligne et le retour dans une autre. La partie centrale du bassin, elle l'ignore sans doute aussi, est réservée aux nageurs les plus rapides. Sa brasse laborieuse serait plus à sa place dans les deux lignes de gauche. Je ne dis rien. Je nage en rageant poliment. Je rage toujours en nageant à la piscine. Je rage en permanence, mais le reste du temps, j'oublie, l'acouphène de la colère est recouvert par le bruit des autres pensées. À la piscine, rien n'est assez solide pour me divertir. Je compte les longueurs en rageant sur le nageur de devant, ou la crawleuse d'à côté. Je rage sur l'indifférence. Comment cette femme ne voit-elle pas la division des lignes de nage ? Quel égoïsme lui

Mes mains s'envolaient aussi...

interdit de percevoir les règles sur lesquelles repose la nage en groupe ? Un homme entre à son tour dans l'eau, déterminé, le corps façonné par la natation. Lui ne s'occupe pas des mauvaises manières, son crawl n'a pas de temps à perdre avec nous. C'est un signal, il se propage, rebondit sur la paroi en une galipette subaquatique. L'onde autoritaire oblige sans un mot la femme à se plier aux règles communes. En fait, elle savait, je n'étais simplement pas assez important à ses yeux. Maintenant je lui en veux à lui. Nous nagions en pagaille innocente avant qu'il vienne baigner son arrogance dans notre pataugeoire. Vingt et un ? Vingt-deux ? Le nombre des longueurs m'échappe, je suis envahi par la pensée des autres et les autres, eux, ne me voient pas, ne pensent pas à mes pensées. Tsycos, lui, le monde était organisé autour de sa présence. Chacun devait vivre dans les exhalaisons de son génie. J'ai du mal à l'imaginer ici, barbotant avec les nageurs du samedi. Son corps de gorille sur le carrelage où je m'égoutte en rigoles de Javel. Je cherche le mouvement des yeux, l'accommodation idéale pour contempler le passé. Lui et ma mère en vie. Elle apprenant à mourir demain. Mais je vois autre chose. Deux amoureux. Il l'aime, je le sens. Et elle n'en pouvant plus du désir des hommes, fatiguée de le poursuivre, de n'y rien comprendre, de la violence. Elle déjà ailleurs, dans la nausée, maman. Je suis debout sur le petit promontoire au bout de la ligne. Celle du milieu, mais peu importe, je suis le dernier nageur. Il faut laisser la place aux écoliers, et ainsi de suite jusqu'au jour où le fils vient

La Nuit imaginaire

chercher dans les contours tordus du bassin le souvenir d'autres brasses. Je joins les mains, c'est une prière, les mains en pointe de flèche pour mieux fendre l'eau, je vais bientôt la retrouver et personne ne peut voir mes larmes sous mes lunettes. Je suis couvert de larmes et le maître nageur est maître des indifférences. L'eau tremble à mes pieds, on dirait l'image brouillée avant les rêves au cinéma, un monde s'efface pour laisser place au suivant. L'envie d'être avec elle est si forte et ma peau si blanche, presque déjà effacée. Dormir, se noyer, mourir, je m'en fous, je veux juste la retrouver. S'il faut plonger, je plonge, s'il faut marcher, je marche, toutes les nuits et au-delà. Dites-moi et j'obéirai. Il y a toujours entre elle et moi la rivière du temps, invisible, informe, enfuie. Le soir dans les bars, dans les toilettes abasourdies de musique, je crie aux miroirs de venir me prendre. L'autre, là, va et ramène-la. Le temps est un abcès. Partout il faut percer des ouvertures, entre deux arbres, dans un tunnel, là sous la plaie d'une racine chercher le passage vers l'autre dimension. Celle du royaume intact. J'ignore tout et elle n'est plus que le parfum du temps perdu. Je me jette pour la beauté du geste la tête la première dans le grand bain.

Il regarde par la fenêtre. Ce qu'on appelle embrasser. La vue, la vie, Paris. Son gros corps dont je redoute l'odeur emballée avec savoir-faire dans un coton douillet coupé avec style. Le soin de soi poussé jusqu'aux extrémités : boutons de manchettes en or, large cravate rose, doigts épais lourdement bagués et manucurés. Ibrahim Gabbai aime porter son regard partout, excepté sur moi. Son œil me contourne tandis qu'il s'approche pour me serrer la main – de la pâte crue, je n'ose respirer mes doigts – et retourne à la baie vitrée, telle une grosse carpe ornementale dans son aquarium. Y aperçoit-il les ébats d'un couple, nudité encadrée par l'écran des rideaux ? Une scène au loin l'absorbe. « C'est quelque chose, hein, camarade, une vue pareille. » Il rit de bon cœur, chantonne, « Ohh c'est haut ». Je m'en suis rendu compte, de la hauteur, quand l'ascenseur m'a joui au trente et unième étage de la tour Montparnasse. Je prends la mesure de la largeur d'Ibrahim Gabbai et de ses largesses. Tout dans son bureau exhale le confort clients Fréquence Plus d'Air France. D'un geste ample il m'invite à prendre place dans un fauteuil capitonné. Je l'observe plonger le museau dans un minibar acajou dont il tire en soufflant une bouteille de vodka givrée et un bocal de cornichons au sel. La surprise éclaire mon visage, un sourire en argent massif. D'une main de croupier, Gabbai lance deux petits verres sur les veines palissandre de sa table de travail, les faisant rouler comme la salive dans sa gorge, avec un plaisir enfantin. « Rien de mieux pour fêter une rencontre, camarade », déclare-t-il en plantant enfin ses yeux rieurs dans les miens. Il est midi, j'ai encore le goût du dentifrice dans la bouche et je suis sous le charme. J'avale de petites gorgées froides en admirant ses doigts fouiller dans le bocal, extraire un cornichon trempé de saumure et le faire goutter sur son costume avant de l'engloutir avec satisfaction, arrosé d'une vodka cul sec. « Ta mère, camarade, quelle femme, quelle beauté, quelle intelligence », il lève les yeux au ciel et embrasse le bout de ses doigts serrés, dans un geste à l'italienne. Sa bouche est charnue, j'espère qu'il fumera bientôt le cigare qui dépasse de son veston. « Des qualités dont je vois qu'elle a gratifié son fils. » Il me fait un clin d'œil, en jette un à sa montre, se lève, retourne à la fenêtre. « Alors, dis-moi tout, mon garçon. » Je répète ce que je lui ai dit au téléphone pour Tsycos et Gloria, le voyage en Égypte, en 1984 ou 1985, quelques mois avant le suicide, j'essaye de raconter la photo tombée du livre, mon envie d'en savoir plus, sur elle, sur l'Égypte. Dans ma tête tournent en boucle les corps nus des jeunes gens dont je crois qu'il épie l'intimité depuis son mirador. Juste ces deux amoureux, dans le jaune d'une lampe de chevet, entrant et sortant du cadre formé par la fenêtre de leur chambre, les deux tiers d'un lit défait, si bien qu'on ne les voit jamais tout à fait en entier. Le film muet d'une liaison vue de trop loin et de trop près. « Ah oui, Tsycos, s'exclame Gabbai, ravi, sans se détourner de la vitre. Un maître, Tsycos, un frère de tous les combats. Sans lui je ne serais pas là aujourd'hui. Mais alors, quel dragueur infernal. Je me souviens, ça secouait fort entre lui et Gloria… » D'une enjambée, il est de nouveau devant son bureau, plonge ses doigts dans le bocal, me décrit l'ambiance d'un restaurant russe, en face d'une église orthodoxe dans les beaux quartiers, où l'on mange le meilleur bœuf Strogonov de tout Paris, « un repaire de cosaques ». Il m'y emmènera, avec les mille gens qu'il tient absolument à me présenter. Est-ce que je connais l'histoire de la famille Strogonov ? Une fortune assise sur le commerce de sel et de fourrure. Lui, c'est les lentilles. « Je suis le roi de la chorba, moi, et crois-moi j'en ai financé des révolutions avec mes lentilles. » Gabbai arpente la moquette, projetant sur les parois de verre cinquante ans d'une vie rocambolesque, cha-hutée par les guerres d'indépendance, les revers de fortune et l'amour des garçons. Chaque anecdote est jalonnée de descriptions truculentes, de silences pleins de suspense et de chutes inattendues. Nasser, Oum Kalsoum, Johnny Hallyday, François Mitterrand, il les a tous croisés, et tous ont succombé à son charme.

La Nuit imaginaire

Il me parle du passé au futur, me promet les rencontres les plus improbables avec d'anciens fellagas ou des collectionneurs d'art new-yorkais, des visites privées dans les pyramides et des croisières en yacht sur le Nil. Le plus fascinant, me dis-je en faisant chauffer la vodka dans ma bouche, c'est la manière dont tout son corps exprime avec gourmandise la joie du récit. J'essaye de mimer cette sensualité, fumant au rythme de sa respiration d'ogre. Je m'enveloppe de son énergie, aspirant à pleins poumons l'arôme de sa peau mêlé de cigare, de cuir et d'une sueur gorgée de vie. Voilà donc l'homme qui a fait rire ma mère. Je me projette dans son palais de Louxor où trois fois il m'a invité, goûtant la caresse d'un pyjama de soie dans le vent tiède du matin, croissants trempés dans le café sur une terrasse à l'ombre des palmiers. Je commence même à craindre le moment où il me faudra quitter ce bureau, redescendre les trente et un étages et grenouiller dans la ville basse parmi les badauds. Timidement je ramène la conversation sur l'escapade égyptienne, sans paraître ne m'intéresser qu'à moi, je le questionne sur les années 1980, son amitié avec Tsycos. Sans succès. L'épopée Gabbai n'a pas gardé mémoire de ces peccadilles. J'insiste un peu. Il ouvre un tiroir, en sort une liasse de papiers, s'y plonge, relève les yeux vers moi, l'air préoccupé, lointain, retrouve ses traits rieurs, « Ah ta mère, quelle finesse d'esprit, quelle élégance. » Il s'approche, pose une main sur mon épaule, « Tu sais, moi aussi j'ai été à deux doigts d'en finir. » De retour sur son perchoir, la ville à ses pieds, Gabbai parle des heures sombres

Mes mains s'envolaient aussi…

de Gabbai, quitté, ruiné, mais pas vaincu. J'ai la tête qui tourne. Trop de vodka. J'étouffe dans ce cube de verre. Ça a dû être ça, leur voyage, en plus chaud, en plus long. Exaltée par ce charme, elle renoue avec l'envie, dans le sillage de sa Cologne chargée d'oud. En voiture, au restaurant, dans les bazars, le soir, elle rit, elle s'enivre de lui. Tout est simple de nouveau. Il suffit d'attraper un fruit, un verre de vin, une carte postale, de baigner dans sa joie. C'est d'autant plus doux qu'elle ne le désire pas, qu'il la laisse rejoindre sa chambre sans insister. Cela, ce réconfort, finit par se briser. L'oud adoré lui donne la nausée, son enthousiasme ne la soutient plus, il l'écrase. La vie, ses plaisirs grossiers, la chance sont faits pour Ibrahim, pour les gens de sa trempe. Le sourire retrouvé s'effondre dans les rues du Caire. Elle ralentit sur les pavés de Zamalek, laisse les autres marcher devant, Tsycos et Gloria qui s'engueulent, Gabbai virevoltant entre les étals. Elle en est morte d'avoir ri avec lui. Épuisée de cela justement. À quarante ans déjà, il porte en lui ce box prétentieux de la tour Montparnasse, cette manière de se pencher sur le monde, de le survoler. Je me lève. Envie de voir la vue moi aussi. Le ciel bouge avec moi par le jeu des perspectives, je perds l'équilibre. « Alors camarade, on ne tient pas la vodka. » Gabbai est aux anges de me voir vaciller, d'avoir vaincu ma jeunesse. Il sort le cigare de sa poche, l'allume longuement. Le contact de sa bouche, la manière dont il humidifie, dont il mâche presque l'embout, l'âtre rougeoyant, le jus parfumé répandu dans sa bouche, je me glisse dans cette extase.

La Nuit imaginaire

Nous sommes bien plus haut que je ne l'avais imaginé. Tout paraît loin, calme. Je suis ivre. Et comme Gabbai, je n'en ai plus rien à foutre de rien.

Être tué est la meilleure façon de ne pas mourir seul.

Pieds enfouis dans le sable, je ne sens plus l'ampoule sur le talon. Hier, elle prenait toute la place, la douleur. Devant le fleuriste de la rue Delambre, j'ai senti la chair céder sous la lame de mes nouvelles tennis couleur de printemps. Quinze minutes de chez moi à la gare, au pas de course, pour attraper le train, la bandoulière en enclume, le pantalon trop grand, étouffé dans mon pull. D'ordinaire on y flâne, on s'y croise enfant, dans ces rues de toujours. Ne surtout pas se laisser cueillir par le destin avec des chaussures neuves. L'écart est grand entre la banalité des choses que je fais : me rendre à la gare, traîner au Relais H, fumer sur le quai, monter dans le train, chercher ma place, boire un café au wagon-bar ; et l'intensité des fantasmes : la cavale rendue impossible par la rigidité de mes tennis, la main sans cesse glissée dans la poche pour palper le portefeuille, ma peur d'être contrôlé par la police, arrêté pour une boulette de shit oubliée, et torturé pour les raisons qu'on sait, l'angoisse d'être suivi, agressé, ou au contraire ignoré, l'angoisse de ne pas trouver ma place. Avant le départ et encore après, espoir de voir entrer dans le compartiment un garçon souriant avec qui échanger des regards jusqu'à la mer. Toute cette joie interlope des voyages, la pensée fondue dans le paysage. À mi-chemin, le très vieux, sur le siège en face, lèvres fines et sourcils vénérables, me demande d'une voix rompue à l'autorité de l'escorter aux toilettes. J'accepte à contrecœur de jouer les cannes, séduit par sa prestance de diplomate retraité. La mission s'avère immédiatement plus périlleuse que prévu. Ça tangue à tout rompre, les rails sont retors. Furieux et de conserve, nous tentons de garder le cap dans le couloir, ralentis par les à-coups, abasourdis par l'orage ferroviaire. Il s'agrippe à mon bras, raide, les dents serrées. La peau tressaille de colère du côté de sa tempe. L'homme est trop vieux pour voyager seul, les os tiennent par discipline, l'orgueil fournit aux muscles leur dernier fioul. Seul l'iris perce avec une force intacte derrière le voile humide de la vieillesse. Nous ne parlons pas, ce serait inutile. J'ai l'impression de transporter un fusil hors d'âge, bois précieux et poudre sèche, à jamais menaçant. Les toilettes sont hors service, il nous faut traverser le wagon suivant – le contrôleur nous le confirme – pour accéder à des sanitaires en état de fonctionnement. L'expédition, seul, prendrait moins de trente secondes, mais à deux, il nous a déjà fallu le triple pour arriver ici. Mon compagnon ne dit rien, mais je sens qu'en lui-même la nécessité se fait urgence. J'ouvre la porte de séparation entre les deux wagons, l'aide à avancer sur la première dalle de métal, d'où il lui faudra, comme à la fête foraine, passer d'un pas agile sur la dalle siamoise, malgré le jeu des maillons. Nous voilà prisonniers du sas, à l'intérieur de cet accordéon déchaîné, tentant d'éviter la chute. Il me tend une main tremblante, gantée de veines. Faisant pivoter mon pied pour accompagner ses efforts, j'en déchire la cloque. La douleur fait poindre une larme et m'emplit d'une sensation de jeunesse jubilatoire. Mon compagnon en revanche mène son pénible combat contre la deuxième classe en tentant de ne pas y laisser ses dernières forces. Émergés du sas, il nous faut encore traverser un wagon bondé, celui-ci sans compartiments, en pagayant accrochés, lui derrière et moi devant, entre les sièges, progressant appuie-tête par appuie-tête. Le train tangue de gauche à droite avec une outrance grotesque, le vacarme est assourdissant. Quand le vieil homme parvient enfin à la porte des toilettes, blême, je n'ai pas le courage de lui demander s'il a besoin d'aide. J'ai envie de fumer. Tout le temps que dure son affaire, je crains le pire. De fait, lorsqu'il ouvre la porte, l'œil incendié de colère, son pantalon est couvert de pisse sur toute une jambe, de haut en bas. Un tunnel nous avale, nous recrache. Samuel ou Élie, eux sauraient quoi faire, même Armand se comporterait humainement, ou à défaut dirait quelque chose de drôle pour détendre l'atmosphère. J'en suis incapable. Faisant comme si je n'avais rien vu, je tends mon bras au vieux pour l'escorter sur le chemin du retour. Je ne dis rien, ne fais rien. J'essaye même de penser à autre chose, de me détacher de l'événement.

La Nuit imaginaire

Nous avançons, lui avec une dignité impeccable dans son costume trempé et moi en petit-fils gêné, sous l'œil médusé d'un enfant égaré dans le couloir. De retour dans le compartiment, nous n'avons pas échangé un mot. Il couvre le pantalon souillé d'un manteau et les femmes qui ont vu se taisent. Chacun continue à lire, à penser, à remplir sa grille de mots croisés, chacun dans la mort.

J'ai été le premier à descendre du train. Le soleil m'attendait sur le quai minuscule d'une gare, baigné d'un air sucré de pins. Il faisait bon, ma cloque se creusait pas à pas. Dans les rues de la ville, au débarcadère, dans le bateau, la valise du vieux, petit rectangle de cuir marron rangé sagement au-dessus de sa tête, m'accompagnait en pensée. L'envie surtout d'actionner le mécanisme, d'un geste concerté des deux pouces, faire sauter le fermoir de la serrure à combinaison d'un claquement métallique. Dans l'habitacle de la petite valise Samsonite, découvrir l'odeur d'after-shave au vétiver, la chemise bien repassée, une cravate, le journal du jour. Le nécessaire d'une vie d'homme ayant traversé le vingtième siècle en complet-veston. Parfois j'aimerais être déjà vieux pour m'épargner les incertitudes de l'existence. M'épargner l'angoisse de chaque instant pour les drames possibles du suivant. Le bateau m'emportait loin de la jetée où il m'amusait d'imaginer la valise de mon inquiétude oubliée volontairement sur les planches humides. Les autres vivent, s'aiment, font des projets, moi je sème l'angoisse. Ce mirage contre l'imprévu. Ne plus jamais être surpris par l'effroi, à quel prix ? La station balnéaire s'éloignait en se ratatinant. Chaque kilomètre m'écartant de Paris et de son averse de sens me rendait plus léger. Je vais mieux de loin. Les pensées sont moins brûlantes. L'île en vue, je me suis laissé bercer par le vacarme du moteur, sa délicieuse odeur de gasoil mêlée d'embruns. Les autres vacanciers, étourdis par le vent, contemplaient avec moi l'horizon. Nous partagions l'extase silencieuse des embarcations par beau temps. Et si je m'en faisais pour rien ? S'il suffisait d'un peu de soleil à mon cou. J'apercevais au loin la plage et les premières maisons tournées vers le large. Si je n'avais pas à choisir, pas à comprendre, pas à connaître. Simplement à laisser glisser mon corps d'un espace à un autre, à le laisser se transformer au gré des saisons. Aux portes du sommeil, j'ai rêvé un instant de celui où je me tenais dans le couloir du train, entre les fenêtres et les compartiments, avec le vieil homme souillé, sous le regard du jeune enfant. De tout temps, je veille sur moi.

J'ai marché le long de la plage, mes chaussures à la main, à peine sorti du bateau. La douleur au pied fondue dans le sable frais. À rebours des autres, vers la forêt de pins. Il m'aurait plu d'être de retour, je me sentais revenant même si je n'avais aucun souvenir d'ici. Ému de retrouvailles imaginaires. L'envie m'a pris de tomber à genoux, là, foudroyé par la beauté vespérale et l'horizontalité soudaine du paysage. Plus loin je me suis assis et je n'ai plus rien fait du tout. Avec mon barda

Mes mains s'envolaient aussi...

et toutes les promesses de mon voyage encore intactes. L'île inexplorée. Aucune trace sur le sable, marée tirée sur les mystères de l'océan. J'attendais nonchalamment l'envie de me relever, de poursuivre mon chemin, quand une pierre est tombée dans l'eau. Le bruit d'éclaboussure, et dans la périphérie de mon champ de vision, ce trait plongeant vers la mer. J'ai regardé autour de moi, personne. Le ciel semblait s'être ouvert, le temps de jeter ce caillou devant moi. Brusquement, la chose a rejailli hors de l'eau avec la même puissance, s'est propulsée au-dessus du soleil dont l'orange teintait lentement l'horizon. Je me suis dit : Tout va enfin se rembobiner. Le caillou continuait son ascension avec une énergie formidable, défiant la loi de la gravitation. Arrivé à dix mètres au-dessus de l'eau, il s'est immobilisé. Avec le contre-jour, je distinguais juste sa forme sombre détachée du ciel. Là, il a déployé ses ailes et j'ai vu devant moi apparaître la silhouette d'un goéland tenant dans son bec un poisson argenté. Un battement d'ailes plus tard, il dansait avec ses congénères, tournoyant dans les airs. Je ne les quittais plus des yeux. Sans prévenir, comme s'il venait d'être touché par une balle en plein cœur, l'un d'eux s'est effondré à son tour dans les vagues, de tout son poids. Le poisson harponné sous la surface, il a rejailli et s'est envolé, en avalant sa proie. Ce festin a duré une demi-heure pendant laquelle j'éprouvais la même surprise à voir l'oiseau s'immobiliser, chuter à la verticale et la même joie à le voir surgir en phénix des profondeurs pour repartir dans les airs. Mourir, vaincre, revenir.

La Nuit imaginaire

Conformément aux indications d'Armand, la clé de la maison m'attendait sur le chambranle de la porte. Je suis souvent surpris de la facilité avec laquelle les choses du voyage se déroulent. Il y a quinze jours, j'ignorais tout de cette demeure. Une poignée d'indications avait suffi à m'y mener dans un flottement de pensées : le nom d'une gare, la jetée, la route de la pharmacie, un portail noir… Je n'ai même pas ouvert les volets. J'ai enlevé ma veste, mes chaussures, ça sentait les vieux placards, une odeur de poussière et de moisi, je suis ressorti aussitôt pour marcher dans les dunes.

Du même auteur :

Un jour ce sera vide, Christian Bourgois Éditeur, 2020 (prix du Livre Inter 2021).

Hugo Lindenberg

est au Livre de Poche

PAPIER CERTIFIÉ

Composition réalisée par Soft Office

Achevé d'imprimer en décembre 2024 en France par
MAURY IMPRIMEUR – 45330 Malesherbes
Dépôt légal 1re publication : janvier 2025
N° d'impression : 281652
Librairie Générale Française
21, rue du Montparnasse – 75298 Paris Cedex 06
marketing@livredepoche.com

16/9484/0